KB269455

少林棍王 소림곤왕

한성수 新무협 판타지 소설

FANTASTIC ORIENTAL HEROES

소림곤왕 3
한성수 新무협 판타지 소설

초판 1쇄 찍은 날 § 2009년 7월 30일
초판 1쇄 펴낸 날 § 2009년 8월 10일

지은이 § 한성수
펴낸이 § 서경석

편집장 § 문혜영
편집 § 서지현

펴낸곳 § 도서출판 청어람
등록번호 § 제1081-1-89호
등록일자 § 1999. 5. 31
어람번호 § 제2-1792호

주소 § 경기도 부천시 원미구 심곡2동 163-2 서경B/D 3F (우) 420-822
전화 § 032-656-4452 팩스 § 032-656-4453
http://www.chungeoram.com
E-mail § eoram99@chollian.net

ⓒ 한성수, 2009

ISBN 978-89-251-1889-5 04810
ISBN 978-89-251-1861-1 (세트)

少林棍王

소림곤왕

③

보표무적 (保標無敵)

한성수 新무협 판타지 소설

FANTASTIC ORIENTAL HEROES

출판 청어람

第二十章

환몽사안(幻夢邪眼)

少林棍王

소림곤왕

'저건…….'

손녀 이가흔과 헤어져 소림사로 향하던 철담협개의 눈에 이채가 스치고 지나갔다.

소림사로 향하는 좁은 산길.

꼬불꼬불한 길목의 중간중간에 제법 오래된 노송들이 즐비하게 늘어서 있었다. 명산대찰의 부근에 자리 잡고 적지 않은 세월을 보낸 것들답게 하나같이 크기들이 실하다.

그런 노송들 중 하나.

생채기가 꽤나 심하게 나 있다. 큼지막한 나뭇가지 몇 개가 부러져 있고 몸통 역시 크게 패어 있었다.

자연적으로 이 같은 일이 벌어졌을 리 만무한 터.

소림사의 승려들이 결코 살아 있는 생령이 깃든 나무를 함부로 다루지 않는다는 걸 알고 있는 철담협개의 미간이 찌푸려졌다. 손녀 이가흔이 한 말이 뇌리를 스치고 지나간 까닭이다.

'설마 소림사가 있는 소실봉까지 포달랍궁의 라마들이 몰려왔다는 말인가?'

그럴 리 없다고 생각했다.

아직 대법대불왕이 탄 황금대불마차가 하남성에도 들어서지 않은 터였다. 어찌 일개 대법대불왕의 제자와 포달랍궁의 라마들이 소림사의 앞마당을 침범할 수 있겠는가!

그건 머리가 조금만 돌아가는 자라면 누구든 짐작할 수 있는 일이었다.

그러나 때가 때였고, 상대가 상대였다.

절대 방심할 수 없다는 생각 역시 떠올린 철담협개가 훼손된 나무 주변을 빠르게 살피다 다시 눈에 이채를 발했다. 엽자건이 보경 몰래 바닥에 떨군 철환 하나를 발견한 거다.

"이런 고얀 놈들 같으니! 감히 내가 점찍어놓은 손녀 사윗감을 납치해 가다니!"

아니다.

전혀 사실과 다른 일이었다.

하지만 이미 엽자건에게 들인 공이 적지 않은 철담협개는 제멋대로 현 상황을 확정 지었다. 일단 그렇게 생각하고 움직이는 편이 집중력을 유지하기에 좋다는 판단이었다.

　잠시 후.
　부근의 노송림을 이 잡듯 뒤지던 철담협개가 누런 이를 드러내며 미소 지었다.
　엽자건은 철환만 몰래 떨군 게 아니었다.
　보경의 뒤를 따르는 내내 꾸준히 흔적을 남겨놨다. 혹시라도 일이 잘못될 경우, 소림사의 고수들이 수월하게 추격에 나설 수 있게 만들어둔 거다.
　'푸헐! 역시 난놈이야! 납치되어 가는 중에도 이렇게 기특한 짓을 해놓았으니!'
　개방.
　천하에서 가장 많은 방도수를 이용해 정파에서 가장 빠르고 확실한 정보를 취합하는 방파다. 이곳의 수장인 철담협개가 천리추종술에 능숙한 건 당연했다.
　내심 교묘하게 흔적을 남겨놓은 엽자건을 칭찬한 철담협개의 신형이 한줄기 바람처럼 빨라졌다.
　흔적을 찾았다.
　곧바로 천리추종술을 펼쳐서 뒤를 추격하지 않을 이유가 없었다.

　　　　　＊　　　＊　　　＊

“우악!”

엽자건은 갑자기 소리를 질렀다.

내공은 담지 않았다.

그냥 목청이 아플 정도로 악을 썼다. 그렇게 함으로써 불현 듯 찾아든 심장의 고동 소리를 감춰 버렸다.

그와 동시다.

촤라락 소리와 함께 거리를 둔 채 서 있던 냉고성의 손에 어느새 만리지도가 들려져 있었다. 이제 한차례 도약만 하면 엽자건에게 파고들어 목을 날려 버릴 수 있을 터였다.

그러나 그는 그리하지 않았다.

엽자건을 위해 자신의 얼굴을 가리고 있던 황금 면사를 건 은 감요진의 고개가 살랑거리며 흔들렸기 때문이다.

“으득!”

냉고성의 어금니가 강한 마찰을 보였다. 항상 뱀보다 더욱 차갑게 가라앉아 있던 눈빛 역시 미묘한 흔들림을 보인다.

질투!

겉으로 보이는 나이는 사십대의 장년이나 이미 육순을 넘 긴 그가 지금 엽자건에게 느끼는 감정의 정체였다. 그래서인 지 깊숙이 침잠시켜 놨던 살기가 미칠 듯 밖으로 표출되고 있 었다.

감요진은 이와 같은 냉고성의 심사를 알까?

그녀는 외면을 택했다.

언제 냉고성에게 매혹적인 시선을 던졌냐는 듯 하늘을 올려다보고 있는 엽자건을 따뜻하게 바라봤다. 그의 목에 드러난 힘줄이 더할 나위 없이 사랑스럽게 느껴진다.

"자건, 뭘 보고 있는 거죠?"

'자건이라……'

감요진의 달콤한 목소리가 귀를 간질이자 엽자건이 여전히 하늘을 응시한 채 말했다. 어느새 목소리가 퉁명스럽게 가라앉아 있다.

"마령귀사는 어디에 있지?"

"살수왕의 행적은 천하에서 가장 큰 비밀 중 하나. 어찌 내가 알고 있겠어요?"

"칠마 중 다른 한 명과는 꽤나 절친한 것 같은데?"

엽자건이 비로소 하늘로부터 시선을 떼어냈다.

칠마.

그들에 의해 강제로 몸속에 주입된 칠종진기는 여전히 골칫거리였다. 또한 그로 인해 겪은 지독한 고통의 기억 역시 잊어버리진 않았다.

지금에 와선 크게 상관할 바 없었다. 이미 어느 정도 극복한 고통이고, 향후 반드시 이겨낼 수 있는 장벽이었기 때문이다. 그리 생각하고 있었다.

하지만 사부 보종의 문제는 다르다. 그는 여전히 살수왕 마령귀사의 극독에 중독되어 있고, 근래엔 의식불명인 상태로 사경을 헤매고 있었다.

이건 안 된다!

절대로 용납할 수 없는 일이었다.

심부 깊숙한 곳에서 치솟아오른 분노의 감정이 단숨에 감요진으로 인해 일어난 마음의 동요를 날려 버렸다.

팟! 파파파파팟!

엽자건의 도발적인 말에 냉고성의 전신이 맹렬한 기파를 뿜어냈다.

이미 고양될 대로 고양되었던 살기!

그것이 심살기란 무형지기로 화해 천 개나 되는 검날이 된 것처럼 엽자건을 향하고 있었다. 당장 그를 천참만륙해 버리려 하고 있는 것이다.

엽자건은 개의치 않았다.

이런 무형지기의 폭풍도 벌써 몇 차례나 경험한 터다. 미리 대비하고 있었던 만큼 냉고성 쪽은 신경조차 쓰지 않고 똑바로 감요진을 바라봤다.

추궁의 눈길!

방금 전과는 이미 크게 달라져 있다.

그게 감요진의 내심을 뒤흔들어놨다. 설마 사 년 만에 만난 엽자건이 이리 크게 변했으리라곤 상상조차 해본 적이 없었기 때문이다.

'사 년! 내게도 그렇지만 그에게도 긴 시간이었을 테지……'

결국 내심 뜻 모를 한숨을 내쉰 감요진이 다시 고개를 흔들어 보였다.

"자건, 나는 정말로 마령귀사가 어디에 있는지 몰라요. 하지만 내 부탁 하나만 들어주면 그의 행방을 알아봐 줄 순 있어요."

"무슨 부탁이지?"

"들어주겠어요?"

"당연히……."

엽자건은 즉답을 하려다 말끝을 잠시 흐렸다.

눈앞의 감요진.

굳이 사 년 전 칠마와 얽혔던 사정을 떠올리지 않더라도 충분히 조심해야만 할 여인이었다. 자신을 어째서 준극봉의 숭악사까지 불러냈는지도 모르는 터에 덜컥 약속 같은 걸 할 수는 없었다.

그 점을 감요진 역시 간파하고 있었던 것일까?

그녀가 첨언하듯 말했다.

"전날 나는 자건에게 무척 큰 은혜를 입었어요. 결코 자건에게 해가 되는 일을 하진 않을 거예요."

엽자건은 넘어가지 않았다.

“그렇다면 그 부탁이란 것을 먼저 얘기해 봐. 그럼 내가 들어보고 답을 줄 테니까.”

“좋아요.”

고개를 끄덕여 보인 감요진이 말했다.

“내 부탁은 자건이 지금 당장 소림사를 떠나는 거예요.”

“소림사를 떠나라고?”

“그래요. 그렇게만 해준다면 그리 오래지 않아 살수왕의 행방을 알아봐 주겠어요.”

“…….”

엽자건은 쉽사리 대답하지 못하고 눈살을 찌푸려 보였다.

감요진의 부탁.

그녀의 말마따나 그리 어려운 건 아니었다. 하지만 의식불명인 사부 보종을 생각하면 결코 들어줄 수 없는 일이기도 했다. 불가능했다.

잠시의 침묵 끝에 엽자건이 고개를 가로저었다.

“그건 안 되겠어. 다른 부탁을 해!”

“내 부탁은 그거뿐이에요. 어째서 소림사를 떠나지 않으려는 거죠?”

“나는 소림사의 제자니까.”

“불목하니죠. 그렇게 들었는데 아닌가요?”

“불목하니라도 제자는 제자인 거야! 내 한 몸의 보신을 위해서 사문을 등질 생각은 없어!"

"내가 부탁해도 안 될까요?"

"물론."

엽자건의 입에서 단호한 대답이 떨어진 것과 동시였다.

번쩍!

감요진의 매혹적인 두 눈에서 불가사의한 요광(妖光)이 일어났다.

환몽사안(幻夢邪眼)!

포달랍궁의 비전절기 중 하나.

신랄괴이한 사공이학으로 유명한 배교(拜教)의 이혼대법(離魂大法)에 비견되는 미혼공(迷魂功)이었다.

즉, 환몽사안에 걸려든 자는 이혼대법에 당한 것처럼 무조건 시전자의 노예가 되어버린다. 예외는 없었다.

하지만 이혼대법과 다른 점도 있었는데, 피시전자가 후일 자신의 상태를 인지한다 해도 환몽사안에서 완전히 벗어날 수 없다는 거였다.

매혹(魅惑).

환몽사안은 아무나 배운다고 익힐 수 있는 게 아니다.

외모가 출중한 남녀 중 색기와 음기가 보통 사람보다 월등히 높은 자만이 연마할 수 있었고, 그로 인해 얻게 되는 공효는 절대적이었다. 피시전자를 제 마음대로 조종할뿐더러 일방적으로 사랑의 마음을 불러일으켜 결코 배신할 수 없게 만들 수 있기 때문이었다.

'자건, 미안해! 하지만 이런 더러운 방법을 써서라도 나는 자건을 구하고 싶어! 그러니까……'

문득 환몽사안을 펼친 후 내심 엽자건에게 용서를 빌던 감요진의 얼굴에 가벼운 변화가 일었다.

한차례 눈살의 찌푸림.

감요진의 환몽사안을 접한 엽자건이 보인 반응은 이게 전부였다. 놀랍게도 초절정고수인 냉고성에게조차 영향을 끼친 환몽사안이 그에겐 아무런 영향도 주지 못한 것이다.

이유가 없을 리 만무하다.

자웅쌍고 중 웅고.

전날 창룡검가에서 남궁수와 얽힌 직후 엽자건의 심장에 여전히 자리 잡고 있었다.

사천당가에서도 귀중히 보관되었던 놈답게 독하다!

비록 엽자건의 몸속에 깃들어 있는 칠종진기 중 음혼채화진기에 억눌려 있긴 하나 역시 사람의 마음을 공격하는 환몽사안에는 강하게 반발했다. 시앗을 결코 그냥 놔두지 않는 여인네와 비슷한 심경이랄까?

그렇게 환몽사안이 실패로 돌아가자 감요진은 내심 크게 당황했다. 이젠 평화적으로 엽자건을 회유할 방도가 완전히 사라져 버렸기 때문이다.

근데 바로 그때다.

감요진과 엽자건을 향해 질투가 가미된 살기를 풀풀 날리고 있던 냉고성의 입에서 음침한 목소리가 흘러나왔다. 놀랍게도 강한 경계심이 섞여 있다.

"어디에서 온 고인인지 모르겠으나 이곳에는 천라지망(天羅地網)이 펼쳐져 있으니, 조심하는 게 좋을 것이오!"

'고인?

'천라지망?

서로를 바라보며 상념에 젖어 있던 감요진과 엽자건이 일제히 냉고성 쪽을 바라봤다.

자존심의 덩어리!

냉고성은 절대로 자신의 약세를 먼저 드러내는 사람이 아니었다. 당대 천하제일인이라 할 수 있는 곤왕 유대유나 장승불패라 불리는 소림사 전체를 상대할 때 역시 그 같은 점은 변함이 없었다.

그런데 그런 그가 지금 긴장하고 있었다. 자신의 무력을 믿지 못하고 숭악사 주변에 펼쳐진 포달랍궁 정예의 천라지망을 들먹이고 있는 거다.

긴장한 건 주변을 배회하고 있던 보경 역시 마찬가지였다.

그가 재빨리 냉고성에게 다가들었다.

여차하면 전날 철담협개를 합공했을 때처럼 냉고성과 손을 잡고 싸울 심산이었다.

그때 마치 기다렸다는 듯 숭악사탑의 동쪽 방면에서 웅혼한 내력이 깃든 파안대소가 터져 나왔다. 엽자건에겐 꽤나 반갑고 익숙한 목소리다.

"푸헐헐헐! 이거 들켜 버렸구만!"

'철담협개 방주님!'

엽자건의 눈이 냉고성을 떠나 파안대소가 터져 나온 방향으로 향했다.

더불어 미묘한 이동을 보인 신형.

그는 어느새 자연스레 감요진의 앞을 막아서고 있었다. 생각을 하고 움직인 게 아니었다. 그냥 무의식적으로 몸이 반응을 보인 것이었다.

'자건……'

감요진의 눈이 반짝였다. 사 년의 시간을 건너뛰어 여전히 자신을 보호하려 하는 엽자건의 행동에 가슴이 뛴다.

그와 동시다.

일순 숭악사탑 주변의 대기가 화악 끓어올랐다. 더불어 순간적으로 허공을 가로지르며 떨어져 내린 철담협개!

그의 손.

어느새 애병인 청죽봉이 쥐어진 채 건들거리고 있다.

그도 그럴 것이 전날 다 잡았다가 놓친 대어, 냉고성이 저 멀리 만리지도를 늘어뜨리고 있었다. 소림사의 배신자인 보경의 변복한 모습 역시 눈에 뜨인다. 마음이 크게 즐겁지 않을 수 없다.

'망할 거지 놈!'

냉고성이 자신을 집요하게 훑어대며 번뜩거리고 있는 철담협개의 눈길에 안색을 딱딱하게 굳혔다. 그의 청죽봉이 만들어냈던 타구봉법의 변화를 떠올리자 몸이 크게 경직되어온다. 여전히 파훼법을 찾지 못한 까닭이다.

그 같은 냉고성의 심사를 간파한 것일까?

감요진이 갑자기 엽자건을 떠나 철담협개에게 다가갔다.

현천환환보법.

그녀의 첫 번째 사부인 칠마중 일좌, 현천마녀 능여옥의 절정 보신경이다.

'제법 괜찮은 신법이로구나!'

철담협개가 그제야 감요진을 주목했다. 여전히 그리 멀지 않은 곳에 냉고성과 보경 같은 고수가 포진해 있음에도 그다지 꺼려하는 빛이 없다.

스륵!

황금 면사로 다시 얼굴을 가린 감요진이 정중하게 합장해 보였다.

"옴마니 반메훔! 저는 위대하신 서장의 신, 대법대불왕님의 서른여덟 번째 제자인 감요진이라 합니다. 시주님께서는 정체를 밝혀주시지요."

'대법대불왕의 서른여덟 번째 제자? 근래 들인 제자가 대법대불왕의 가장 큰 총애를 받는다고 하더니만……'

철담협개의 시선이 황금 면사로 얼굴의 반면을 가린 감요진을 뚫어져라 쳐다봤다. 설마 소림사를 제압하기 위해 대법대불왕이 첨병으로 보낸 애제자가 감요진과 같이 나이 어린 여자라곤 생각지 못했기 때문이다.

그러나 달리 노강호가 아니다.

철담협개는 내심의 놀라움을 겉으로 드러내지 않고서 입가에 이죽거리는 미소를 매달았다.

"푸헐! 대법대불왕이 가장 총애하는 제자라는 자가 이 노개의 정체를 간파하지 못했을 리는 만무하고……. 이 노개의 체면을 봐주지 않겠다는 의지로 받아들여도 되겠는가?"

"냉 선배의 말은 결코 틀린 것이 아닙니다. 이곳에는 본 궁의 정예라 할 수 있는 이십팔불자(二十八佛子)들이 곳곳에 숨어 있으니까요. 하지만 천하의 철담협개 이 방주님의 신출귀몰한 행사를 가로막아 서는 건 역부족이었던 것 같군요."

"……."

철담협개의 여유 넘치던 표정이 살짝 변했다.

감요진의 말이 떨어지자마자 숭악사탑 주변에 배치되어 있던 건물들 틈에서 속속 라마승들이 모습을 드러냈다. 하나같이 소매 없는 홍의(紅衣)를 입고 있고, 손에는 기묘하게 생긴 비발을 들고 있는 모습이 자못 흉맹스럽다.

하지만 철담협개는 이미 이십팔불자의 존재를 어느 정도 간파하고 있었다.

이제 와서 놀랄 이유는 없다.

그의 표정을 변하게 만든 건 그들의 등장이 아니라 바로 눈앞에서 정중하게 합장하고 있는 감요진의 눈빛이었다.

'요런 못된 것! 감히 이런 요사스런 눈빛으로 내 손녀 사위를 홀리려 한 것이렷다!'

철담협개는 감요진의 환몽사안을 완전히 알아보진 못했다. 중원무림에 포달랍궁의 비전절예 중 알려진 것이 극히 드물었기 때문이다.

다만 그녀의 요기 어린 눈빛을 접한 순간 가벼운 어지러움을 느끼고 얼른 내공을 일으켜서 심맥을 방비했다. 이혼대법류의 미혼술이 펼쳐졌음을 눈치챈 거다.

당연히 그것만으로 끝일 리 만무하다.

파팟!

일순 철담협개의 수중에 들려져 있던 청죽봉이 움직였다. 환몽사안의 핵심인 감요진의 눈을 찔러간 거다.

"악!"

감요진이 비명과 함께 뒤로 신형을 물렸다.

자칫 청죽봉에 찔려 시력을 잃어버릴 뻔했다. 비록 대법대불왕을 사부로 모신 후 얻은 기연으로 무공과 심기가 일취월장(日就月將)했다곤 하나 대경실색하지 않을 수 없다.

"푸헐!"

철담협개가 크게 웃었다. 그는 이미 감요진의 환몽사안이 깨졌음을 눈치채고 더 이상 공격하지 않았다. 그럴 필요성을 느끼지 못했다.

그와 함께 갑자기 뒤로 내쳐진 좌장!

순간 맹렬한 강룡장이 일어나 막 공간을 극단적으로 좁히며 다가들어 온 냉고성을 허겁지겁 뒤로 물러서게 만든다. 애초에 그의 급작스런 공격까지를 염두에 두고 감요진을 기습했음이 분명하다.

"으드득!"

냉고성의 이가 절로 갈렸다.

그는 수중의 만리지도에 찬연한 도강을 담은 채 철담협개를 죽일 듯 노려봤다. 느닷없이 감요진을 공격한 것에 눈이 완전히 뒤집혀 버린 모습이다.

일촉즉발의 상황!

두 명의 대고수 사이의 대기가 난마와 같이 들끓어오른다.

바로 그때다, 여태까지 침묵 속에서 돌아가는 상황의 추이를 살피고 있던 엽자건이 나선 것은.

슥!

감요진 쪽을 힐끔거린 후 철담협개에게 다가선 엽자건의 목소리는 모깃소리를 방불케 할 정도로 작았다. 표정 역시 평소와 달리 극히 진중하다.

"방주님, 몇 명이나 데려오셨습니까? 설마 혼자 오신 건 아닐 테지요?"

“혼잔데.”

“그럼 소림사에 알리긴 하셨겠지요? 아니면 손녀 분에게라도…….”

“아냐. 그냥 혼자 왔어. 자네가 납치된 걸 알고 한시라도 빨리 구출해야겠다는 일념으로다가…….”

“…알겠습니다. 그럼 우린 이만 물러나도록 하죠. 이미 방주님께서 저들을 한 방씩 때렸으니, 남는 장사를 한 겁니다.”

“남는 장사?”

“예.”

엽자건이 힘있게 고개를 끄덕였다. 그러자 더욱 눈매를 가늘게 만든 철담협개가 궁금한 듯 질문했다.

“그럼 다시 여기서 장사를 개시하면 어찌 될 것 같은가?”

“손해죠.”

“손해?”

“적어도 여태까지 벌어놓은 건 도로 토해놔야만 할 겁니다. 방주님께서 놀랍게도 원군도 없이 범의 소굴로 오셨으니 말입니다.”

“자네, 설마… 날 책망하는 건가?”

“예.”

엽자건이 다시 힘있게 고개를 끄덕여 보이자 철담협개의 얼굴이 시무룩하게 변했다. 크게 상처받은 표정이다. 목소리에도 서운함이 잔뜩 묻어 나온다.

"자네는 날 믿지 않는구만? 이래 봬도 내가 개방의 방주이자 정파의 삼기(三奇) 중 하난데 말야!"

"그래서 손해 보는 싸움을 계속하시겠다는 겁니까?"

"그야 아니지."

"그럼 이제부터는 후배가 수습하도록 하겠습니다."

"꼭 그래야만 하겠나?"

"물론입니다."

"……."

결국 철담협개로부터 무언의 동의를 받아낸 엽자건이 감요진에게 다가가 냉정하게 말했다.

"나는 싸우러 온 게 아냐, 적어도 오늘은."

"어찌해 주길 바라시나요?"

"이 방주님과 함께 이만 이곳을 떠날 생각이니, 천라지망을 풀어줘."

"역시 소림사를 떠날 생각이 없는 건가요?"

"그래."

'이런 고집쟁이!'

감요진이 엽자건에게 살짝 눈을 흘겼다. 더불어 그와 철담협개의 태연자약한 태도와 대화에 대한 의심 역시 생겼다.

전음입밀을 사용치 않은 대화!

목소리를 최대한 낮췄다곤 하나 삼 장 안에 위치한 절정고수 이상이라면 충분히 엿들을 수 있었다. 감요진이나 냉고성,

보경 같은 이들 말이다.

당연히 의혹이 생기지 않을 수 없다. 어떤 바보가 자신들의 약점이 될 수 있는 얘기를 살기등등한 적들 앞에서 함부로 노출시키겠는가!

'함정?'

'함정이다!'

냉고성과 보경이 동시에 떠올린 생각을 감요진이 확인해 보려다 마음을 바꿨다. 다시 환몽사안을 발휘했다가 철담협 개에게 눈을 잃어버릴까 봐 겁이 났기 때문이다.

'어차피 나는 곧 소림사로 가야 할 터! 자건을 소림사에서 빼낼 방도는 다시 찾아낼 수 있을 것이다!'

내심 마음을 굳힌 감요진이 슬쩍 손을 들어서 흔들어 보였다. 주변에 포진해 있던 이십팔불자들에게 본래의 자리로 돌아가길 명령한 것이다.

사삭! 사사사삭!

명령의 효과는 금세 나타났다.

이십팔불자들은 어느새 자취를 감추고 숭악사 일대에 다시 본래의 고요가 찾아들었다. 마치 그동안 어떠한 일도 벌어지지 않은 것 같다.

'과연 포달랍궁의 정예들이군. 명령일하에 움직이는 게 제대로 조련된 군대나 다름없는 걸 보니!'

내심 포달랍궁의 전력에 대해 높은 평가를 내린 엽자건이 감요진에게 한차례 고개를 끄덕여 보였다.

"고마워. 지난날의 은원은 이걸로 갚은 걸로 치지."

"그럴 순 없어요."

"그럼, 다음에 다시 갚아도 되고."

"……."

미처 감요진이 다시 뭐라 대답하기도 전이었다. 갑자기 철담협개와 어깨를 나란히 한 엽자건이 싱긋 웃으며 물거품처럼 신형을 흩어버렸다.

부동무상.

그 뒤 궁신탄영과 같은 취팔선보를 펼친 철담협개가 순식간에 엽자건과 다시 어깨를 나란히 했다. 숭악사의 외곽 담을 단숨에 뛰어넘어 사라져 버린 거다.

"대단한 신법!"

나직한 탄성과 함께 진심으로 기뻐하고 있는 감요진의 배후로 냉고성과 보경이 다가들었다. 표정의 변화가 그리 없는 보경과 달리 냉고성의 안색은 딱딱하게 굳어 있었다. 화가 머리끝까지 뻗쳐 있음을 알 수 있는 모습이다.

"어째서 그들을 그냥 놔준 것이지?"

"믿을 수 없었으니까요. 냉 선배는 믿음이 가던가요?"

"그건……."

냉고성이 말끝을 흐렸다. 감요진이 한 말에 반박하기가 쉽지 않았기 때문이다.

보경이 조심스레 끼어들었다.

"그럼 일단 자리를 옮겨야 하지 않겠습니까? 이곳에서 소림사는 그리 멀지가 않습니다."

감요진이 고개를 가로저었다.

"급하게 서두를 필요는 없어요. 당장 숭악사로 몰려올 자들은 없을 테니까요."

"어째서?"

"이미 소림사에 배첩을 보냈어요. 사부님의 심중을 전하기 위해 제자인 저 냉염나찰(冷炎羅刹) 감요진이 방문할 거라고요. 근일 중에."

"……."

냉고성의 안색이 더욱 심하게 굳었다. 설마 감요진이 이런 계획을 심중에 품고 있었으리라곤 짐작조차 못했기 때문이다. 보경은 안색이 새파랗게 질리기까지 했다.

감요진이 두 사람의 속내를 읽은 듯 부드럽게 말했다.

"두 분은 걱정하실 필요 없어요. 소림사에는 저뿐 아니라 두 분 사형 역시 함께하실 테니까요."

"설마 서장의 쌍룡(雙龍)이?"

"맞아요. 두 분 사형이 수일 내에 도착하십니다. 그러면 소림사와 철담협개가 함께 힘을 합한다 해도 감히 저희들을 건드릴 순 없을 거예요."

말을 마친 감요진의 황금 면사가 가볍게 흔들렸다. 필시 미소 짓고 있는 것이리라!

＊　　　＊　　　＊

숭악사를 빠져나온 엽자건은 신법을 부풍무영으로 바꾼 후 한동안 전력을 다해 치달렸다.

절대 뒤를 돌아봐선 안 된다!

이 미칠 듯한 심장의 두근거림이 멈출 때까진.

그렇게 삽시간에 준극봉을 거진 다 벗어났을 무렵이었다. 그제야 신법의 속도를 늦춘 엽자건의 옆으로 철담협개가 불쑥 고개를 들이밀어 왔다.

흠칫!

자신의 심장에만 정신을 집중하고 있던 엽자건이 놀라서 어깨까지 한차례 들썩여 보였다. 한순간 심장의 거센 떨림조차 잦아들어 버릴 정도로 놀란 거다.

"놀랐나?"

"안 놀랐습니다."

"에이, 놀랐는데 뭐."

"……."

빠른 속도로 달리는 와중임에도 연속적으로 옆구리를 찔러오는 철담협개의 행동에 엽자건이 입을 다물었다. 도대체

어느 정도나 무공이 높아지면 이런 행동을 아무렇지도 않게
할 수 있을지 궁금했기 때문이다.

슥!

결국 엽자건이 걸음을 멈춰 세웠다. 그러자 재미없다는 표
정이 된 철담협개가 슬그머니 옆구리 찌르는 동작을 멈췄다.
엽자건이 걸음을 멈춘 게 자신의 장난을 견디지 못해서라 생
각했음이 분명하다.

아니다.

그렇지 않았다.

엽자건은 철담협개가 자신의 옆구리를 뇌주자마자 슬쩍
그와의 거리를 떼어냈다. 전혀 호흡이 급하거나 내공이 달리
는 기색이 없다.

철담협개의 눈에 이채가 어렸다.

'호오? 역시 괴이해! 어떻게 이런 어린 녀석이 나조차도 분
별할 수 없는 기괴무쌍한 내공진기를 몸속에 쌓아놓고 있는
것인고?

엽자건의 내공.

칠마의 칠종진기와 역근주해의 내경이 제멋대로 뒤엉켜져
있다.

그 여덟 종류의 내공진기는 때로는 싸우고, 때로는 화합하
고, 또 때로는 합종연횡(合從連橫)을 반복하며 엽자건의 몸속
에서 불완전한 동거를 하고 있었다.

당연히 이는 엽자건에겐 시한폭탄과 다름없었다.

언제 폭발할지 모르는 대형 폭탄!

언제나 남궁수와의 비무나 이번 일처럼 좋은 쪽으로 일이 진행되진 않았다. 당장 엽자건의 역근주해의 내공이 삼단계에 가로막혀져 더 이상 진보하지 못하고 있기도 했고 말이다.

그래서 보종은 엽자건을 데리고 소림사에 돌아왔다.

역근경을 연마한 고수가 십수 명에 이르는 소림사의 힘을 빌려서 제자 몸속의 시한폭탄을 제거해 주려 한 거다. 그전에 자신이 먼저 쓰러지고 말았지만.

철담협개는 내심 엽자건의 내공에 대한 의구심이 잔뜩 치솟아올랐으나 직접적으로 캐묻진 않았다. 자칫 소림사의 비전 내공심법을 도둑질하려는 것으로 오해받을 수도 있다는 노파심 때문이었다.

그렇게 내심을 정리한 철담협개가 어깨를 한차례 으쓱거리곤 나직이 혀를 찼다.

"쯔쯧! 사부보다 나은 제자가 없다더니, 자네가 딱 그렇네. 파천마곤이라 불리던 시절의 보종은 어떠한 상황에서도 행동이 거침없는 게 마치 질풍노도와 같았거늘……."

"그러게 말입니다."

"뭐?"

"저도 사부님과 함께였으면 이렇게 도주를 선택하진 않았을 거란 말이지요."

“……”

철담협개의 노안이 붉게 달아올랐다. 울컥한 기색이 완연하다. 당장 다시 숭악사로 뛰어갈 것 같다.

“농담입니다. 어찌 저런 호굴에서 싸움을 벌이겠습니까? 그건 병법상에서도 최하책일 것입니다.”

“병법상 최하책?”

“예. 병법이란 게 별거없습니다. 적보다 불리한 장소나 병력을 가지곤 절대 싸우지 않는 게 요지거든요.”

“말하는 걸 보니 병법에 박식한 것 같구만?”

“그냥 사부님을 따르다 보니, 그리되었습니다.”

‘만날 전장에 용병으로 뛰어들어서 돈 벌고, 큰 싸움이 벌어지는 곳에 또 끼어들어서 돈 벌고 하는 걸 밥 먹듯 해왔으니까 말입니다.’

엽자건은 뒤엣말을 속으로만 내뱉었다. 어째 사부 보종을 욕하는 것처럼 느껴졌기 때문이다. 평상시엔 그런 의도로 많이 지껄였기도 했고 말이다.

철담협개가 말했다.

“그런데 자네, 그 대법대불왕의 제자와는 어찌 되는 사인가? 처음 보는 사이 같지가 않던데……”

“별 사이 아닙니다.”

“별 사이가 아니다?”

“예, 별 사이 아닙니다.”

그 말을 끝으로 엽자건이 입을 굳게 다물었다. 첫사랑이나 다름없는 감요진에 대한 화제를 더 이상 언급하고 싶지 않았기 때문이다.

'나도 모르겠다! 다음에 다시 만났을 때 과연 내가 그녀를 끊어버릴 수 있을는지…….'

내심 고개를 가로저은 엽자건이 철담협개에게 포권해 보였다.

"방주님, 그럼 이만 후배는 물러가 보겠습니다. 아직 오늘치 나무를 해놓지 못했거든요."

"이 판국에 나무를 하러 가겠다고?"

"저는 불목하니니까요."

"……."

기가 막힌 표정으로 입을 가볍게 벌린 철담협개에게 엽자건이 싱긋 웃어 보였다.

전날 목도했던 소림사의 저력!

미증유의 천년지력(千年之力)을 엽자건은 믿고 있었다.

아무리 새외제일세라 불리는 포달랍궁의 정예가 몰려온다 해도 괜찮다. 뿌리 깊은 나무가 거센 폭풍우를 견뎌내듯 별일 없이 넘어갈 터였다.

*　　　*　　　*

소림사.

위풍당당한 팔대호원에 둘러싸여 있는 방장실에는 고적한 침묵이 감돌고 있었다.

디링!

문득 방장실의 처마 밑에 매달려 있는 풍경 소리가 무겁게 가라앉아 있던 고적함을 날려 버렸다.

그제야 손에 들려진 황금 배첩을 내려놓은 종아 선사가 입가에 가벼운 한숨을 담았다.

"허어! 어찌 이와 같은 일이 당대에 연거푸 일어난단 말인고! 모든 게 이 사람의 부족함 때문이 아니겠는가?"

"어찌 그리 말씀하십니까? 장문 사형께서는 항상 소림을 위해 최선을 다하셨습니다!"

"그렇지 않네. 전날 곤왕 유 시주가 소림을 방문했을 때도 나는 당당히 나서지 못했다네. 그저 뒤로 물러서서 소림곤이 굴욕을 당하는 걸 지켜봐야만 했어. 그런데 이번에도 대법대불왕의 도전에 맞설 수 없다니, 이 어찌 참담한 일이 아니라 할 수 있겠는가?"

"그건……."

종아 선사의 한탄에 종경은 일시 말끝을 흐렸다.

딴은 그렇다.

그의 눈앞에 있는 종아 선사는 불성.

개왕(丐王)이라 불리는 철담협개 이구, 무당파의 장문인인

태극검성(太極劍聖) 풍암 진인과 더불어 정파의 삼기 중 한 명이었다.

삼대검호, 이대도객, 오패군, 십삼지성…….

정파의 정상에 군림하는 초절정고수들이 존재했으나 삼기의 앞에 자신들의 이름을 내걸진 못했다. 무공의 수위를 떠나 소림, 무당, 개방이란 삼대거파의 위명을 감히 거스를 수 없었기 때문이다.

그러나 종아 선사는 소림사의 장문 방장이 된 후 단 한 번도 자신의 이름을 걸고 싸워본 적이 없었다. 무공의 수위는 단연 소림사를 대표할 만했으나 싸움 자체를 극도로 싫어하는 개인적인 성향이 문제였다.

결국 당대 소림제일의 고수는 종아 선사가 아니라 종경의 몫이 되었다. 선대의 고승들 역시 하나같이 장생각이나 조사전에 은거한 상태라 대외적인 행사를 모두 그가 양어깨에 떠멜 수밖에 없었다.

이번 역시 마찬가지다.

종경은 자신을 방장실로 불러서 포달랍궁의 황금 배첩에 담긴 내용을 전하는 종아 선사의 행동에 내심 한숨을 내쉬었다.

싸움 자체를 싫어하는 건 아니다.

하지만 얼마 전까지 자신과 나한당의 제자들을 냉대하던 종아 선사가 아니던가. 은근히 포달랍궁과의 싸움을 종용하는 태도가 마땅치 않을 수밖에 없다.

그런 종경의 내심을 읽은 듯 종아 선사가 갑자기 화제를 다른 쪽으로 돌렸다.

"종경 사제, 보종의 상세는 여전한 것인가?"

"예, 목숨을 구한 것만 해도 기적 같은 일인지라……."

"저번에 무진 사숙께서 꽤나 힘을 많이 사용하셨어. 아마 한동안 폐관수련을 끝내시긴 힘드실 걸세."

"그러시다고 들었습니다."

"하니, 이번 포달랍궁의 일이 끝나면 내가 다시 보종의 상세를 살펴볼까 하네. 무진 사숙님만큼은 못하지만 나 역시 그동안 역근경을 참오하여 어느 정도 진경을 이뤘으니 필경 보종에겐 도움이 될 것이야."

종경이 갑자기 눈을 빛냈다. 목소리 역시 우렁우렁하게 흘러나온다.

"장문 사형, 이번 포달랍궁의 일은 제게 맡겨주십시오!"

"오! 그래 주겠는가?"

"사제들과 나한당 제자들을 이끌고서 반드시 포달랍궁의 도전을 격퇴시키겠습니다!"

"고맙네! 고마워!"

종아 선사가 얼른 종경의 손을 붙잡고 연신 흔들어 보였다. 두 눈에 물기까지 그렁한 것이 진심으로 기뻐하고 있음을 알 수 있었다.

'어느 틈에!'

　종경은 얼떨결에 손을 잡히곤 내심 물색없이 좋아하고 있는 종아 선사를 새삼스레 바라봤다.

　천하가 인정하는 소림제일의 고수!

　그의 손을 이리 쉽사리 부여잡을 수 있다는 건 매우 놀라운 일이었다. 아무리 방심한 상태였고, 거리가 지척이나 다름없이 가까웠다곤 해도 말이다.

　'장문 사형! 어쩌면……'

　종경이 내심 떠오른 생각을 얼른 머릿속에서 지워 버렸다.

　그 같은 생각, 현재로선 무용하다.

　강적 중의 강적인 포달랍궁의 예리한 첨봉이 소림사의 바로 코앞에 이른 이때엔.

주(註)

*옴마니 반메훔:라마교에서는 〈옴마니 반메훔:Om Mani Padme Hum〉을 주송(呪誦)하는데 이는 침묵의 소리 또는 연화금강(蓮花金剛:the Diamond in the Lotus)의 뜻이다. 옴(Om)은 AUM의 동음(同音)으로서 A는 창조, U는 유지, M은 파괴를 뜻하며, 힌두교에서는 성애(性愛)의 3대신, 즉 1). 우주창조신 부라마(Brahma), 2). 파괴와 생산의 신 시바(Shiva), 그리고 3). 유지신(維持神) 비시뉴(Visnu:Vishnu)를 의미한다.

*합종연횡:합종연횡(合從連橫)이라고도 쓴다. BC 4세기 말에 접어들면서 진이 최강국으로 등장, 진의 국위는 열국(列國)을 위협하게 되었다. 그리하여 동방에 있던 조(趙), 한(韓), 위(魏), 연(燕), 제(齊), 초(楚) 등 6국은 종적으로 연합하여 서방의 진에 대항하는 동맹을 맺었다. 이를 합종이라 하며, 합종책을 주도한 사람은 소진(蘇秦)이었다. 그 뒤 진은 6국의 대진동맹(對秦同盟)을 깨는 데 주력해 위나라 사람 장의(張儀)로 하여금 6국을 설득하여 진과 6국이 개별적으로 횡적인 평화조약을 맺도록 했다. 이것을 연횡이라고 한다. 이것으로 진은 6국 사이의 동맹을 와해시키는 데 성공하고 이들을 차례로 멸망시켜 중국을 통일했다. 장의, 소진을 비롯하여 소대(蘇代), 진진(陳軫) 등 전국시대에 활약한 외교전술가들을 종횡가(從橫家)라고 부른다. 〈전국책(戰國策)〉은 이러한 종횡가의 책략을 모은 것이다.

第二十一章

쌍룡불인(雙龍不人)

少林棍王
소림곤왕

청화장(靑花莊).

소림사가 있는 등봉현에서 십여 리가량 떨어진 곳에 위치한 평범한 장원이다.

본래 수년 전 등봉현을 나서 장사를 떠났던 상인이 금의환향하여 세웠다고 알려졌을 뿐, 그 외 크게 시선을 끄는 점은 없는 곳이었다.

그 청화장의 상방.

하루 전까지만 해도 숭악사에서 기거하고 있던 감요진이 두 명의 라마와 마주앉아 있었다.

일반인보다 두 배쯤 큰 머리를 지닌 홍안(紅眼)의 라마의 이름은 우빌라이고, 그 옆의 검은 얼굴에 신중한 표정을 한 라마는 부탄이었다.

쌍룡불인(雙龍不仁)!

두 마리 용에게 걸리면 인정을 기대하기 어려우니, 그들은 대법대불왕의 제자들 중 감요진을 제외하곤 가장 총애받는다고 알려진 다섯째와 열한 번째 제자였다.

당연히 그들의 무공은 무척 고강했다. 개개인이 사부 대법대불왕의 최측근인 팔대라마에 필적하는 무위를 지녔다고 알려졌을 정도였다.

쌍룡불인의 첫째인 우빌라가 특유의 붉은 눈을 번뜩이며 감요진에게 말했다.

“사매, 어째서 소림사의 중놈들이 아직까지 산문을 활짝 열고 본 궁을 맞을 채비를 하고 있지 않는 것이냐? 주변에서 오고 가고 있는 거지 녀석들은 또 뭐고?”

감요진이 정중하게 대답했다.

“우빌라 사형, 소림사는 중원 불문의 태두예요. 서장과는 사정이 다르니, 우리는 신중해야만 할 거예요.”

“설마 소림사의 중놈들이 본 궁과 사부님께 대적하려 한다는 뜻이냐?”

“예, 그들은 필시 그럴 생각을 하고 있을 거예요.”

“건방진!”

우빌라의 붉은 눈에서 일시 벼락같은 기운이 뿜어져 나왔다. 그가 평생 동안 익혀온 소뢰마기(小雷魔氣)의 기세가 격렬하게 일어난 것이다.

흠칫!

감요진이 동그란 어깨를 가볍게 떨어 보였다.

그녀의 특기는 미혼공 계열의 환몽사안이었다. 우빌라의 강력한 소뢰마기를 감당하기 어려울 수밖에 없다.

우빌라 역시 그 같은 점을 안다.

얼른 눈에서 소뢰마기를 거둬들인 우빌라에게 감요진이 정중하게 고개를 숙여 보였다. 그리고 감탄한 기색으로 말한다.

"우빌라 사형의 무공이 더욱 높아지신 걸 경하드립니다. 하지만 사부님께서 도착하시기 전까진 우매한 제가 이곳의 책임자입니다. 그 점을 양해해 주시면 감사하겠어요."

"알고 있다. 하지만……."

"본 궁의 쌍룡이라 불리는 우빌라 사형과 부탄 사형이지만, 중원은 초행이에요. 그래서 사부님께서는 중원 출신인 제게 대임을 맡기신 것이라 생각합니다. 그럼에도 불구하고 우빌라 사형께서 이에 불복하신다면 사부님께서 도착하신 후 직접 고하심이 옳은 절차일 거라 사료됩니다."

"……."

우빌라가 결국 입을 다물었다.

감요진이 한 말에 찬동했기 때문이 아니다. 그녀가 근래 사부 대법대불왕의 가장 큰 총애를 받는 제자임을 알고 있었기 때문이다.

다시 고개를 숙여서 예를 표한 감요진이 말했다.

"그래서 일단 저는 두 분 사형과 함께 소림사로 향할까 합니다."

"그래서?"

"사부님께서 도착하실 때까지 소림사의 허실(虛實)을 파악하며 기다릴 작정입니다."

"소림사의 중놈들에게 그만한 가치가 있는 것이냐?"

"물론이에요. 소림사에 만약 그만한 가치가 없었다면 어째서 사부님께서 친히 서장을 떠나 장도에 오르셨겠어요?"

"끄응!"

어쩔 수 없다는 듯 나직이 신음을 토한 우빌라가 서장어로 옆의 부탄에게 감요진과의 대화를 설명했다. 그는 중원어를 한마디도 하지 못했기 때문이다.

잠시 후.

쌍룡 우빌라와 부탄이 포함된 감요진 일행이 청화장을 떠났다.

목적지는 소림사가 위치한 숭산 소실봉.

싸움의 전조이런가.

묵묵히 이동하는 그들에게서 섬뜩한 살기와 함께 기묘한

피비린내가 진동하고 있었다. 청화장의 전 식솔이 이미 몰살 당해 한 구덩이에 파묻힌 것과는 별개로.

＊　　　　＊　　　　＊

사흘이 지나갔다.

언제나와 다름없이 소실봉을 돌아다니며 바닥에 떨어진 나뭇가지를 열심히 줍고 있던 엽자건 앞에 늘씬한 그림자 하나가 떨어져 내렸다.

보나마나다.

소림사가 위치한 소실봉에 이 정도의 신법을 자유자재로 펼치는 늘씬한 몸매의 여자가 많을 리 없다. 특히 그 신법이 철담협개의 취팔선보와 동일한 변화를 보이고 있다면 더더욱 그러하다.

'이놈의 인기라니!'

엽자건이 내심 고개를 가로저으며 굽혀져 있던 허리를 폈다. 어느새 입가에는 빙글거리는 미소가 떠올라 있다.

근데 바로 그때다.

슈파앗!

일순 엽자건의 미소 어린 얼굴을 노리며 번개 같은 각영이 파고들었다. 마치 노리고라도 있었던 것같이.

빠악!

요란한 타격음!

더불어 엽자건의 얼굴을 노리던 각영이 순식간에 자취를 감춰 버렸다. 때마춰 철환을 찬 엽자건의 손이 얼굴을 가렸기 때문이다.

그다음에 벌어진 일은 자명하다.

껑충거리며 엽자건에게 일각을 날린 이가흔이 뒤로 물러서고 있었다. 강철로 된 철환을 걷어찬 셈이니 발이 아프기도 할 것이다.

'그러게 아녀자가 함부로 외간 사내 앞에서 다리를 쫙쫙 벌리는 짓은 말아야지! 뭐, 도마단 역을 한다면 나름대로 개성있는 연기를 펼칠 수도 있겠지만.'

엽자건이 언제나와 같이 예인의 눈으로 이가흔을 평가한 후 천천히 손을 내려뜨렸다. 더불어 곁들어진 건 이죽거림이 담긴 한마디다.

"사부만 한 제자가 없다더니! 과연 철담협개 방주님의 말씀은 틀리지 않았군."

"그게 무슨 뜻이지? 날 모욕하려는 것이냐!"

"모욕?"

엽자건이 어깨를 한차례 추어 보이곤 의뭉스레 웃어 보였다.

"그럼 이 소저는 자신이 철담협개 방주님보다 뛰어난 자질을 지녔다고 생각했던 것이오?"

“그, 그야 그런 건 아니지만…….”

“뭐, 그런 거요.”

엽자건이 다시 어깨를 추어 보이곤 입가의 미소를 더욱 짙게 만들었다.

‘저게 내 속을 긁어!’

이가흔의 두 눈에 얼핏 독기가 흘러넘쳤다.

자칫 폭발이라도 할 것 같다.

그러나 그녀가 강호를 돌아다니며 만난 사내는 무수히 많았다. 탁월한 미모나 뒷배경에 혹한 많은 사내들의 접근을 경험한 바 있다는 뜻이다. 개중에 여자를 꼬시는 데 타의 추종을 불허한다는 화화공자나 채화음적 같은 부류도 포함되어 있었음은 물론이다.

‘흥! 그래 봤자 어차피 의도적으로 내 관심을 끌기 위해서 하는 짓거리일 테지! 좋아하는 여자애의 치마를 들추고 공깃돌을 훔쳐가는 것처럼.’

내심 지레짐작과 함께 코웃음을 친 이가흔이 엽자건을 위아래로 훑어본 후 차갑게 말했다.

“어째서 소림사와 포달랍궁 간의 싸움에 우리 개방이 끼어들어야 하는 것이냐! 설마 네가 그런 조건을 할아버님한테 내건 건 아닐 테지?”

“조건?”

“나, 날 꼬셔서 혼인하는 조건으로 말이다!”

“허!”

엽자건이 나직이 탄식을 터뜨렸다. 무슨 뚱딴지같은 말이냐는 표정과 함께다.

그게 이가흔을 발끈하게 만들었다.

“날 웃기는 계집이라 생각하는 것이냐? 그런 거야!”

“잘 아네. 자기가 웃기는 계집이란걸.”

“이, 이놈의 자식이!”

이가흔이 분노로 몸을 태우며 다시 엽자건에게 권각을 날리려 할 때였다.

슥!

그 보다 촌각만큼 빨리 엽자건이 이가흔에게 파고들었다.

지독히 빠른 속도!

게다가 허를 찔렀다. 이가흔을 크게 분노케 한 후 정신을 분산시킨 것과 동시에 기습을 가한 거다.

“악!”

이가흔이 비명과 함께 뒤로 자빠졌다. 엽자건이 그 위에 냉큼 올라탔음은 물론이다.

파팟! 팟!

쌍룡파쇄(雙龍破碎)의 수법으로 엽자건의 태양혈을 노리던 이가흔의 쌍수 역시 제압당했다. 역시 그보다 빨리 날아든 지력에 완혈을 찔려서 바위라도 부술 것 같던 힘을 잃고 바닥에 추욱 늘어져 버렸다.

전날의 대결.

이미 충분할 정도로 이가흔의 권각술에 대한 파악이 이뤄진 상황이었다. 무공의 수위를 떠나 죽음 직전까지 몰려본 실전의 차이가 그와 같은 결과를 도출해 냈다.

"하아! 하아!"

이가흔의 붉은 입술에서 다급한 숨결이 흘러나왔다.

이 같은 상황.

평생 당해본 적이 없다. 어떤 자에게도 허락해 본 적이 없는 자세를 강요당하고 말았다. 호흡이 거칠어지고 당황감에 얼굴이 온통 붉어지지 않을 수 없다.

그러나 이가흔은 곧 안색이 하얗게 질렸다.

눈.

바닥에 눕혀진 자신을 내려다보고 있는 엽자건의 살기 깃든 시선은 무섭도록 냉정했다. 여인을 탐하는 사내의 것이라곤 결코 볼 수 없는 것이었다.

'이 자식… 도대체 어떤 인생을 살아왔기에 이런 무서운 눈을 가지게 된 거야! 아직 나이도 그리 많지 않은 게…….'

내심 이가흔이 그 같은 생각을 떠올린 순간이었다.

슥!

갑자기 엽자건이 이가흔의 몸에서 떨어져 나오며 퉁명스런 한마디를 던졌다.

"소림사는 누구의 도움도 필요없다. 나도 너같이 발랑 까진 계집애와 혼인할 생각 없고."

"뭐야! 이게……."

"그리고 앞으로 말 짧게 하지 마! 철담협개 방주님의 체면을 봐드리는 것도 이번뿐일 테니까!"

"……."

이가흔이 잔뜩 화가 난 상황이었음에도 입을 다물었다. 불쑥 입술이 튀어나왔으나 다시 엽자건에게 소리를 지르거나 들러붙을 엄두는 내지 못했다.

그녀를 바라보는 엽자건의 눈.

여전히 살기에 젖어 있다, 방금 전까지 피투성이 싸움을 벌이다 돌아온 악귀처럼.

그때 마치 이가흔의 그 같은 내심을 착각이라 말해주기라도 하려는 듯 엽자건이 싱긋 미소 지었다. 언제 두 눈 가득 살기를 머금고 있었냐는 듯.

그리고 말한다.

"이 소저, 나는 아직 할 일이 많이 남았거든. 그러니까 이제 그만 실례하도록 할게."

"그, 그래……."

이가흔이 얼떨결에 대답하곤 안색을 와락 일그러뜨렸다. 일순 눈앞의 엽자건에게 완전히 얼어붙어 버린 자신을 느낀 까닭이었다.

그러거나 말거나 다시 어깨에 지게를 짊어진 엽자건은 어느새 저만치 멀어져 가고 있었다. 마치 이가흔 따윈 전혀 안중에도 두지 않고 있는 것처럼.

'저 자식이……'

이가흔이 문득 가슴 한구석이 크게 더워오는 걸 느끼며 허리춤에 찬 호로병을 떼어내 술을 마구 들이켰다.

맛없다!

술이 변한 게 아니었다. 그녀의 바뀐 내심이 술맛을 크게 떨어지게 만들었다. 그게 뭘 의미하는지 아직까진 이해할 수 없었지만.

잠시 후.

이가흔과 헤어진 엽자건은 여전히 땔나무를 하느라 여념이 없었다.

그녀와 다투느라 시간을 너무 많이 보냈다. 자칫 장경각에 청소하러 가야 하는 시간에 늦을지도 모른다는 생각이 마음을 급하게 만든다.

'흐음, 결국 철담협개 방주님께서 소림사와 포달랍궁의 싸움에 끼어드시기로 하신 건가? 하여간 쓸데없이 오지랖 넓으신 분이라니까!'

내심 투덜거리면서도 엽자건의 입가엔 흐릿한 미소가 번져 나오고 있었다.

철담협개 이구.

그에겐 사부 보종 다음으로 많은 신세를 졌다.

그 드넓은 오지랖이 정파의 무림을 지탱하는 '협의(俠義)'의 다른 이름임도 충분히 알 수 있었다.

밉지 않은 느낌.

만약 먼저 보종을 만나서 사부로 모시지 않았다면 철담협개를 따라서 소거지가 됐을지도 모른다는 생각이 들었다. 그리되었다면 얼굴도 예쁘지만 몸매가 아주 죽여주는 이가흔과도 지금보다 더 잘 지낼 수 있었을 거다.

그 같은 상념 속에 손발을 부지런히 움직이고 있던 엽자건의 눈에 이채가 어렸다.

소실봉으로 오르는 산길 저편.

한 떼의 인영들이 바람이 무색할 속도로 신형을 날려오고 있었다.

고수의 움직임이다.

적어도 앞에 선 네 사람은 절정 급을 가뿐히 뛰어넘는 수준의 무위를 지니고 있는 게 분명했다.

'포달랍궁!'

엽자건은 올 것이 왔다는 생각이 들었다. 전날 감요진에게 전해 들었던 얘기를 이때까지 한시도 잊어본 적이 없었기 때문이다.

그렇다면 이러고 있을 시간이 없다.

재빨리 작업을 마무리한 엽자건이 산더미 같은 나무단이
실린 지게를 짊어지고 소림사 쪽으로 신형을 날렸다.

그의 손.

이미 허리춤에 매달려 있던 삼절마곤이 하나로 결합되어
들려져 있었다. 곧바로 결전에 들어갈 수 있는 만반의 준비를
갖춘 것이다.

그렇게 그가 소림사의 정문에 도착했을 때였다.

갑자기 정문이 열리며 산문 밖으로 수십 명에 달하는 소림
승들이 달려나왔다.

맨 앞에 제미곤을 든 종경.

그의 뒤를 따르는 건 이제 열두 명밖에 남지 않은 십팔나한
과 나한당의 제자 삼십 명이었다. 소림사를 대표하는 고수들
이라곤 볼 수 없으나 이대로 천하의 어떤 문파와 맞붙어도 결
코 밀리지 않을 전력임은 부정할 수 없는 사실이었다.

'종경 사숙조님! 벌써부터 마치 전장에 선 것과 같은 기세
를 뿜어내고 계시는구나!'

재빨리 종경을 살핀 엽자건이 내심 고개를 끄덕였다.

산문을 나선 종경.

그의 전신에선 지금 보는 이를 압도하는 기묘한 기운이 넘
실거리며 발산되고 있었다.

투기(鬪氣)!

살기와는 다르다. 그런 저급한 종류가 아니었다.

이 기운은 피투성이 싸움을 수도 없이 경험하고 살아남은 자만이 가질 수 있는 일종의 독특한 기세였다. 살기의 강렬한 응축이었다.

지난 사 년여간 수없이 많은 전장과 싸움터를 굴러다녔던 엽자건이나 이 정도의 기세를 지닌 자는 거의 보지 못했다. 사부 보종 역시 진짜 큰 싸움을 앞에 두지 않고선 이 같은 기운을 뿜어낸 적이 없었다.

당연히 엽자건은 이런 투기를 지닌 자가 얼마나 무서운 존재인지를 잘 알고 있었다. 이보다 훨씬 못한 기운과 맞선 것만으로 몇 차례나 죽을 뻔한 적이 있었기 때문이다.

그때 삼절마곤을 든 엽자건을 발견한 종경이 전날과 달리 엄격한 표정으로 호통쳤다.

"어딜 감히 불목하니 따위가 소림사의 산문을 지키는 싸움에 나서려 하느냐! 당장 경내로 물러나거라!"

"사, 사숙조님……."

"설마 네가 나와 나한당의 제자들을 믿지 못하는 것이더냐?"

"…아닙니다!"

엽자건이 속에서 울컥하고 치밀어오른 격정을 억지로 누른 채 정중하게 허리를 숙여 보였다.

불목하니!

사부 보종을 살리기 위해 스스로 선택한 신분이다. 이런 말을 듣는 것도 어쩔 수 없는 일인 것이다.

근데 막 힘없는 걸음으로 산문을 넘으려던 엽자건이 갑자기 신형을 홱 돌려세웠다.

일진광풍(一陣狂風)!

그와 함께 얼마 전 엽자건이 발견했던 한 떼의 인영들이 모습을 드러냈다. 지난날의 약속처럼 쌍룡과 합류한 감요진이 백주 대낮에 소림사를 방문한 거다.

"옴마니 반메훔! 불문의 동도들을 만나러 포달랍궁의 제자인 냉염나찰 감요진과 두 분 사형께서 어려운 걸음을 했습니다. 소림의 화상들은 어찌하여 예를 갖춰 맞지 않으시는 건지요?"

'냉염나찰 감요진이라……'

종경은 위엄 넘치는 눈빛으로 감요진을 살핀 후 곧 그녀의 좌우를 지키듯 서 있는 라마승들을 바라봤다.

쌍룡!

머나먼 서장의 포달랍궁의 고수들 중 손꼽힐 정도로 유명하다.

지난 며칠간 철담협개로부터 상당히 많은 정보를 전해 들은 덕분에 종경은 한눈에 우빌라와 부탄을 알아봤다.

"아미타불! 빈승의 법명은 종경. 대법대불왕에게 두 명의 용과 같은 제자가 있다는 얘기는 익히 들어서 알고 있었소이다. 오늘 이처럼 직접 만나게 되니, 명불허전(名不虛傳)이란 말이 떠오르는구려."

우빌라의 눈에서 붉은 광채가 흘러나왔다.

"종경? 그대가 소림제일의 고수인 항마불장 종경인 것이냐?"

종경이 고개를 가로저었다.

"빈승이 항마불장 종경인 것은 맞소이다. 하지만 어찌 감히 소림제일의 고수라는 칭호를 감당할 수 있겠소이까?"

"푸하핫! 역시 중원의 불자들은 한심하구나! 한심해! 불존을 모신다는 자들이 한낱 세속인들의 평판에나 신경을 쓰고 있으니……."

"우빌라 사형!"

"…흥!"

우빌라가 감요진의 제지에 나직한 코웃음과 함께 입을 다물었다. 그러나 여전히 붉은 벼락과 같은 눈빛은 종경을 향해 고정된 채 떠날 줄을 모른다.

감요진이 말했다.

"종경 대사님, 저는 배첩에 대한 대답을 기다리고 있습니다. 어째서 그리 살벌한 기운을 뿜어내고 계시는 건가요?"

종경이 그제야 시선을 감요진에게 향했다.

"대법대불왕이 오기 전까지 소림사에 머물며 불법의 교류를 하고 싶다고 하셨었소?"

"그렇습니다. 본래 천하의 불류는 하나인 법. 어찌 불법을 나누는 데 소홀할 수 있겠습니까?"

"만약 소림사에서 이를 거부한다면 어찌할 작정이시오?"

"천하인들이 모두 임제종(臨濟宗)의 종주인 소림사가 달마의 이름을 판 사기꾼들의 집단임을 알게 되겠지요."

"……."

종경은 감요진의 요설이 대단하다고 여겼다.

또한 그녀의 제안을 거부하기가 무척 힘들다고도 생각했다. 그녀의 말대로 소림사는 중원무학의 태산북두이기 이전에 대승불교의 일맥인 임제종의 종주이기도 했기 때문이다.

투기의 소멸!

일순 바짝 끌어올렸던 기세를 누그러뜨린 종경이 다시 한 번 시선을 쌍룡에게 던진 후 감요진에게 말했다.

"불법의 교류는 소중한 법. 소림사는 임제종의 이름을 걸고 한동안 포달랍궁을 본 사의 경내에 받아들이도록 하겠소이다."

"훌륭하신 결정. 한 가지만 더 부탁을 드려도 되겠는지요?"

"말하시오."

"포달랍궁 일행이 귀 사에 머무는 동안 제자 한 명을 안내인으로 붙여주세요."

"그러도록 하겠소."

"아! 저기 저 불목하니가 좋겠군요."

종경의 선선한 대답에 매혹적인 눈을 반짝인 감요진이 산문 앞에 서 있던 엽자건을 손으로 가리켰다. 처음부터 그만을 지켜보고 있었던 것처럼.

'케헥!'

엽자건이 내심 비명을 질렀다.

그러거나 말거나 여전히 얼굴의 반면을 가리고 있는 감요
진의 황금 면사는 미묘하게 흔들리고 있었다.

*　　　*　　　*

결국 늦었다.

지난 며칠간 잔뜩 벼르고 있던 장경각 청소를 가지 못하게
된 엽자건은 잔뜩 성질이 나 있었다.

어디에건 화풀이를 하고 싶은 심정!

하지만 그를 이 같은 상황에 빠지게 만든 건 다름 아닌 첫
사랑의 여인이었다. 비록 숭악사에서의 재회 때처럼 심장이
미친 듯 뛰지는 않았으나 미묘한 감정은 여전히 남아 있었다.

'도대체가 어째서 내 주변의 여자들은 이렇게 드센 거야!
자고로 여자란 얌전히 규방에 앉아서 수를 놓으며 서방이 돌
아오길 기다려야 제 맛인 법인 것을!'

혼자만의 바람일 뿐이다.

특히 잡극의 단역을 연기하는 동안 자연스레 취득하게 된
경험의 소산이기도 했다. 그가 속한 곳이 무림이고 주로 만난
여인들 역시 무림인임을 망각한.

그때 지객당으로 향하던 엽자건의 귓불로 후욱 하고 바람
이 날아들었다.

원인?

뻔하다. 그의 뒤를 따르고 있던 감요진이 입김을 몰래 불어넣은 것이다.

근질!

엽자건은 몸 전체가 간지러워 오는 걸 느끼곤 사나운 시선을 감요진에게 던졌다. 나 화났으니 장난치지 말라는 전형적인 협박의 눈빛.

감요진은 딴청으로 대응할 뿐이다.

아예 무슨 일이 벌어졌는지도 모른다는 기색이다.

'이게!'

엽자건이 발끈해 뭐라고 한소리 하려 할 때였다. 갑자기 감요진의 뒤를 그림자처럼 따르고 있던 쌍룡 중 우빌라가 붉은 눈으로 투명한 살기를 던져왔다.

"소림사의 불목하니라고?"

"그렇습니다만?"

"그래서 머리를 자르지 않은 모양이군. 곱상한 얼굴로 인해 험한 꼴을 당하고 싶지 않다면 앞으로 처신을 잘하는 것이 좋을 것이다."

"무슨 처신을 말하는 건지……."

엽자건은 퉁명스레 대꾸하다 슬쩍 말끝을 흐렸다. 우빌라와 달리 별다른 존재감을 보이지 않고 있던 부탄이 갑자기 혀를 내밀어 두툼한 입술을 핥는 장면을 목도한 까닭이다.

다닥! 다닥!

온몸에 닭살 같은 소름이 돋았다. 우빌라가 한 말의 의미 역시 명확할 정도로 이해가 간다.

'저 검은 얼굴은 위험하다! 날 마치 먹음직한 먹잇감처럼 바라보며 입맛을 다시고 있어!'

예인의 삶.

평탄치 못한 게 당연하다.

특히 사부 보종을 따르며 무공을 연마하기 전에는 더욱 그러했다. 세상에는 남들과는 다른 종류의 이상적인 성욕을 지닌 자들이 다수 존재했기 때문이다.

내심 과거 몇 차례 경험했던 위험천만한 순간들을 떠올린 엽자건의 눈에서 자연스레 살기가 일어났다. 먼저 말을 걸었던 우빌라의 적안에서 일어난 것에 결코 떨어지지 않는 기운이다.

아니다.

엽자건의 살기는 근원적으론 더욱 지독한 기운을 품고 있었다. 후천이 아니라 선천적으로 타고난 기질의 발현인 까닭이었다.

그러자 그를 색정 어린 눈빛으로 바라보던 부탄의 얼굴이 살짝 찌푸려졌다가 빠르게 굳어졌다. 설마 자신의 절반도 되지 않는 연배의 엽자건이 일으킨 살기에 제압당하리라곤 상상도 못했기에 자존심이 상한 것이다.

그때 감요진이 타이르듯 말했다.

"자건, 서장에는 이런 말이 있어요. 서장의 신을 노하게 하지 말지어다! 쌍룡은 불인하니, 그들이 나서게 되면 오로지 피바다만이 존재하리라!"

'쌍룡불인?'

서장은 중원에서 굉장히 먼 곳이다.

비록 무수히 많은 전장과 싸움터를 전전한 엽자건이라 해도 서장 일대에서 전해지는 말까지 들어본 적은 없었다. 따라서 포달랍궁의 쌍룡이라 불리는 우빌라와 부탄의 피에 젖은 명성 역시 알고 있을 리 만무했다.

하지만 그는 감요진이 자신에게 크게 마음을 쓰고 있다는 걸 알았기에 천천히 살기를 가라앉혔다. 그동안 소림사에서 불목하니를 하며 쌓은 수양 또한 크게 도움이 되었다.

'에휴! 그래, 참자! 참아! 쌍룡불인이 뭔 씻나락 까먹는 자식들인지는 모르겠다만, 불제자가 되기 위해선 본래 마음속에 불탑과 함께 참을 인(忍) 자를 천 번씩은 새겨야 한다질 않더냐!'

종종 예불 시간에 강론받은 불경을 해석하듯 애기해 주던 초조암주 도심의 말이다. 그래도 단시간 내에 성질 참 많이 죽었다는 생각이 든다.

그렇게 한참을 더 걸어 드디어 지객당에 이르자 곧 지객당주인 보진이 모습을 드러냈다.

초조암의 학승들과는 비교가 되지 않을 정도로 고강한 무공을 지녔으나 역시 남과 다투는 것과는 거리가 먼 후덕한 인상의 소유자였다.

엽자건이 얼른 보진에게 다가가 허리를 숙여 예를 표한 후 말했다.

"보진 사숙님, 종경 사숙조님의 명을 받자와 포달랍궁의 손님들을 지객당까지 안내했습니다."

"내 이미 전갈은 받았네. 수고했으니, 이만 물러가 보도록 하게나."

"예."

엽자건이 좋아라 대답할 때였다. 감요진이 얼른 목소리를 높이며 끌어들였다.

"보진 대사, 그 불목하니는 계속 제 곁에 두려 하니 양해해 주세요!"

"그건 무슨 뜻이신지?"

"심부름을 해줄 사람이 필요하단 말이에요. 설마 저와 본궁의 제자들이 소림사 경내를 제멋대로 돌아다니는 걸 바라시진 않을 테지요?"

감요진의 노골적인 협박에 보진이 난처한 표정을 지어 보였다. 설마 이렇게 대놓고 소림사 경내에서 요구를 해댈 줄은 몰랐기 때문이다.

"……."

엽자건이 감요진을 노려봤다. 도대체 무슨 짓을 꾸미고 싶은 것인지를 묻기 위함이었다.

그러나 감요진은 그의 시선을 외면한 채 보진에게 계속 압박을 가했다.

결국 보진이 이마의 땀을 닦으며 고개를 끄덕여 보였다.

"알겠습니다. 그러도록 하시지요."

"감사합니다."

감요진이 보진에게 살짝 고개를 숙여 보인 후 엽자건에게 요요로운 눈웃음을 던졌다. 이젠 완전히 내 거가 됐으니, 더 이상 도망치려 하지 말라는 의미였다.

'망할!'

엽자건이 내심 다시 욕설을 내뱉었다.

장경각 청소!

한동안 완전히 물 건너가 버렸다.

＊　　　＊　　　＊

지글! 지글!

능숙하게 홍구육을 굽고 있던 철담협개 옆에 풀썩 하는 소리와 함께 이가흔이 주저앉았다.

"쯔쯧! 말만 한 계집애가……."

"말만 한 계집애라 그렇게 시집을 보내고 싶으신 거예요?"

"그럴 리가 있느냐? 내가 어떻게 키운 손녀딸인데!"

"그럼 어째서 아무나 갖다 붙이시는 건데요?"

"아무나?"

"아무나죠! 그 호랑말코 같은 새끼! 다음에 걸리면 팔다리 중 한두 군데는 내 박살내 놓고 말 거예요!"

"어떻게?"

"그야 당연히 무공으로……."

"헤엥!"

철담협개가 나직이 코웃음 치자 이가흔이 발끈했다. 엽자건에게 지고 온 걸 눈치챘는가 싶었던 거다.

철담협개가 느물거리며 말했다.

"인석아! 내가 설마 아무나 가져다 댔겠느냐? 그 엽자건이란 녀석은 과거 지옥의 악귀라 불렸던 파천마곤 보종의 유일한 제자란 말이다. 게다가 항마불장 종경 또한 크게 눈여겨보고 있는 눈치이니, 향후 소림사에서 가장 중요한 인물이 될 건 따놓은 당상이니라!"

"하지만 그래 봤자 소림사 제자잖아요! 그러면 자연히 중이 될 건데……."

"누가 중이 돼!"

"중 안 돼요?"

"아무렴! 그놈은 얼굴에 도화살이 가득 핀 데다가 천살지기마저 타고났으니, 절대로 중이 될 팔자는 아닐 것이니라!"

"정말요?"

이가흔의 목소리에 깃든 묘한 감정선을 간파한 철담협개가 비로소 홍구육 쪽에서 시선을 떼어냈다. 이가흔을 바라보는 눈빛이 사뭇 능글맞다.

"너! 그놈한테 관심있지?"

"무, 무슨 소리예요! 그게!"

"없어?"

"당연하죠! 내가 어째서 그딴 자식한테……."

이가흔이 버럭 소리 질렀던 것과는 달리 안색을 붉힌 채 말 끝을 흐렸다. 철담협개의 눈빛이 더욱더 노골적으로 변해가고 있었기 때문이다.

그런데 갑자기 철담협개가 그녀에게서 시선을 떼어냈다.

그리고 귀찮다는 듯 말한다.

"에구! 그러면 나도 이젠 모르겠다! 천하에 다시없는 미장부에 몸 좋은 놈을 구해다가 들이대도 싫다니! 하나밖에 없는 손녀딸 년 처녀 귀신으로 늙어가는 걸 보기 전에 이 세상 하직해야겠다!"

"아직도 한참 때시면서 무슨 소리를 하시는 거예요?"

"한참 때는 무슨! 나도 이젠 늙었다. 이젠 조금만 무리를 해도 삭신이 쑤시고 저려온단 말이다!"

"그럼 창룡검가의 승천검군 남궁황 선배처럼 금분세수하고 무림에서 은퇴하시던가요?"

"정말 그러고 싶다만 아직 개방에 후개가 정해지지 않았지 않느냐? 연달아 중원무림에 평지풍파가 일고 있고 말이다."

"그래서 말인데, 그 평지풍파… 우리 개방은 살짝 빠져 있으면 안 될까요?"

"또 잔소리를 하고 싶은 것이냐?"

"소림사와 포달랍궁의 일입니다! 어째서 우리 개방의 제자들이 피를 흘려야만 하는 겁니까? 저는 도무지 이번 방주님의 결정을 수긍할 수가 없습니다!"

말투.

자연스레 바뀌어 있다.

지난 며칠간 줄기차게 주장했던 바를 다시 끄집어냈기 때문이다.

철담협개 역시 표정이 변한다.

"이번 일은 결코 소림사와 포달랍궁과만의 일은 아니니라. 중원무림과 새외무림 간의 대결이라고 봐야만 할 것이야. 하지만 그렇다 해도 진짜 대법대불왕이 내건 천하불류일통에 관한 일이기만 했다면 개방의 힘까지 끌어들이진 않았을 것이다."

"설마 다른 세력이 끼어들어 있는 겁니까?"

"아직 확실치는 않다만 황금대불마차의 중원행과 함께 한동안 잠잠했던 주산군도의 해월낭인대(海月狼人隊)가 움직임을 보이기 시작했다더구나."

"해월낭인대라면 수년 전 절강성 일대를 피바다로 만들었던 부상국의 흉악한 해적들 아닙니까?"

"그래, 해월왕(海月王)이라 불리는 야규 세이쥬로가 다시 절강성 일대에 상륙해 살인과 방화를 일삼기 시작한 것이야.

게다가 저번 소림사 암습 사건 때는 새외칠마 중 한 명인 잔혹마군 냉고성까지 끼어들었으니……."

"방주님께서는 이 모든 사건의 배후에 후금의 입김이 깃들어 있다고 여기시는 건가요?"

"전혀 배제할 순 없는 노릇이겠지. 근래 후금 녀석들의 대병이 국경선 전체를 압박하기 시작한 지 꽤나 오래되었으니까."

"……."

이가흔이 도톰한 입술을 살짝 깨물었다.

서장의 신으로 군림하는 포달랍궁의 대법대불왕만 해도 굉장히 어려운 상대였다. 하물며 근래 강남의 해안 일대에서 흉명을 드높이고 있는 해월왕과 새외칠마까지 끼어들었다면…….

'하아! 내 기량으로 이만큼 엄청난 천하대란의 한쪽 자락이나마 파악키는 어려운 일일 거야. 그래서 여태까지 할아버님의 사리에 맞지 않는 행동조차 이해할 수 없었던 거고.'

내심 한숨을 토한 이가흔이 습관적으로 허리춤에 손을 뻗었다가 아미를 찡그려 보였다.

항상 호리병에 자리 잡고 있던 곳.

지금은 텅 비어 있다.

엽자건에게 패한 후 술맛을 잃어버렸다. 횟술조차 마시지 못할 정도로 크게 마음이 동요되어 버린 거다.

그래서 호리병을 되는대로 집어던져 버렸는데, 그게 하필이면 절벽 아래였다. 아마 지금쯤 산산조각 나서 흔적조차 찾을 수 없는 꼴이 되었으리라!

결국 쓴입맛을 다시며 음주를 포기한 이가흔이 엉덩이를 털고 일어섰다.

"그냥 가려고? 곧 개고기도 다 익는데 한입 먹고 가지 그러느냐?"

"다음으로 미루겠습니다. 마침 술도 떨어졌고요. 이미 방주님께서 내린 타구령으로 인해 숭산과 등봉현 일대로 삼결 이상 되는 제자 백여 명이 집결했습니다. 혹시라도 제멋대로 움직이다가 개죽음당하지 않게 하려면 명령 체계를 통일시킬 필요성이 있다고 사료됩니다."

"허허, 그렇게 착착 일도 잘하면서 자꾸 딴죽은……."

"정당한 딴죽이었다고 생각합니다만?"

"그야 그렇지."

인자한 미소와 함께 고개를 끄덕여 보인 철담협개가 다시 느물거리는 표정을 지어 보였다.

"그래서 그 녀석의 어디가 그리 좋은 것이냐?"

"아! 정말……!"

"푸혈헐헐! 녀석, 부끄러워하기는. 좋을 때다! 좋을 때야!"

"……."

이가흔의 이마로 실핏줄이 두어 개나 뛰어 올랐다. 화가 머리끝까지 치솟아오른 거다.

아니다.

화가 나서 흥분한 게 아니다.

평상시 철담협개가 이런 짓을 한 게 한두 번도 아니니, 이렇게 크게 화를 낼 이유는 없다. 다른 때 같으면 느긋하게 받아치거나 매몰차게 무시해 버렸을 터였다.

'설마 내가 부끄러워하는 건가? 이 내가?'

이가흔이 내심 중얼거리다 안색이 화악 붉어져 버렸다. 진짜로 그런가 보다. 절대로 인정하긴 싫지만.

주(註)

　*임제종:중국 불교 선종(禪宗) 5가(家)의 한 파. 선종 제6조(祖) 혜능(慧能)으로부터 남악(南嶽), 마조(馬祖), 백장(百丈), 황벽(黃檗)을 거쳐 임제(臨濟) 의현(義玄)에 이르러 일가(一家)를 이룬 종파이다. 의현은 황벽의 법통을 잇고, 당나라 선종(宣宗) 때 진주(鎭州)의 임제원(臨濟院)에 있던 승려로, 그의 선풍(禪風)은 특별히 준엄한 수단으로 학인들을 제접(提接)하여 종풍(宗風)을 떨쳤는데, 그의 6대 법손은 석상(石霜) 초원(楚圓)이 있고, 그 밑의 황룡(黃龍) 혜남(慧南)과 양기(楊岐) 방회(方會)가 두 파로 갈라졌다. 그들 후대에서 인물이 많이 나와 송나라 때는 그의 종풍이 더욱 번창하여, 원(元), 명(明)에까지 상당한 세력을 뻗쳤다.

第二十二章

상승불패(常勝不敗)

少林棍王

소림곤왕

절강성 녕파(寧波).

전략적인 요충지인 상우(上虞)와 봉화(奉化)를 잇는 중요한 거점 중 한 곳이다.

후둑! 후두두두둑!

초저녁 무렵부터 시작된 빗줄기가 밤이 되면서부터 폭우로 변했다.

군영 전체에 걸쳐 잔뜩 지어져 있는 막사의 천장을 때려대는 거센 빗물 소리가 요란하다. 지난 수개월간에 걸친 힘든 훈련의 시름마저 단숨에 물로 씻겨 내려갈 듯하다.

그래서인가?

절강성 포정사사(布政使司)와 도지휘사사(都指揮使司)의 휘하로 편제되어 지난 사년간을 보낸 유군(柳軍)의 군진은 평소와 달리 평온했다.

모순되게도 요란한 장대비가 전장의 한복판이나 다름없는 유군의 군영에 잠시간 달콤한 휴식을 주고 있었다. 다음날 환하게 밝아올 태양의 광휘를 기대하면서.

그렇게 밤이 깊어갈 무렵이었다.

다른 때완 달리 다소 느슨해진 유군의 군영 속으로 은밀히 다가드는 십여 개의 야행인이 있었다.

군영의 주변.

온통 진창투성이다.

웬만한 경공의 고수가 아니고선 움직임에 제약이 많을 수밖에 없다. 특히 소리없이 야습을 가하기엔 취약이다. 발이 진창에 푹푹 빠지고 물에 젖은 옷자락이 몸에 달라붙으니 어찌 은밀한 이동을 보장받을 수 있겠는가!

그러나 야행인들은 이런 쪽에 있어서 무척 경험이 많은 자들이었다.

방수 처리가 된 특수한 야행복을 입었고, 진창에 쉽사리 빠져들지 않는 신발을 신었다.

게다가 이동의 신속함과 은밀함은 타의 추종을 불허할 정도다.

그들은 어둠과 빗속에 자신을 숨긴 채 한 줌의 어둠이 된 것처럼 군영 안쪽으로 빠르게 파고들어 왔다.

인자(忍者)!

부상국에만 존재하는 특수한 집단이다.

그들은 보통 정보를 몰래 훔쳐내는 간자의 역할을 주로 하나 종종 요인의 암살도 수행하곤 했다. 귀신같은 은신술과 살인술로 철저하게 자신을 무장하고서.

그런 인자들이 오늘 밤 유군의 군영으로 잔뜩 뛰어들었다.

목표가 범상한 자일 리 만무하다.

"큭!"

"크윽!"

순식간에 군영의 중심부로 숨어든 인자들이 번을 서고 있던 몇 명의 병사들에게 살수를 펼쳤다.

그들은 어둠 속에 녹아든 듯한 움직임으로 기쾌하게 다가들어 목을 수박처럼 잘라 버렸다. 목표로 하는 자가 있는 방면으로 가기 위한 최단의 길목을 확보하기 위함이었다.

그 뒤의 움직임.

당연히 더욱 빨라질 수밖에 없다.

사삭! 사사사삭!

인자들이 일제히 장대비가 만들어놓은 거대한 습막에 휩싸여 있는 커다란 막사를 향해 신형을 날렸다. 여태까지보다 조금 더 빠르고 단호한 태도로 목표물 타격에 들어간 거다.

꿈틀!

어둠에 휩싸인 막사의 한복판.

간이로 만들어진 침상에 누워 깊은 잠에 빠져 있던 장대한 체격의 무장(武將)이 문득 미간을 찌푸려 보였다. 방금 전까지 있는 힘껏 코를 골고 있던 것도 멈췄다.

이유가 없을 리 만무하다.

슈숙!

순간 막사 내부의 어둠을 가르며 미세한 소음이 일었다.

'천장 쪽? 하지만 그보다 더욱 은밀하게 움직이고 있는 건 바닥과 침상의 좌우 방향인 건가?

무장.

커다란 체격에 비해 얼굴이 젊다. 아무리 많이 먹어봐야 이십대 초반을 넘지 못한 듯싶다.

그러나 사나이의 가치는 겉으로 보이는 나이로 정해지진 않는다. 특히 피와 살, 죽음이 난무하는 전장에서는 더욱 그러하다.

슥!

청년 무장의 손이 애인처럼 품에 안고 자던 장창을 집어 들었다.

그리고 일어난 섬전(閃電)!

천장을 통해 파고들던 두 개의 검날을 단숨에 휘감는다.

그런데 일순 장창과 맞부딪친 두 개의 검날이 산산조각 났
다. 마치 기다렸다는 듯 수백 개나 되는 파편으로 돌변해 청
년 무장의 전신을 뒤덮어 버린 것이다.

파검(破劍)!

그와 동시 청년 무장이 누워 있던 침상 밑바닥에서 은밀한
살기가 치솟아올랐다. 웬만한 절정고수라 해도 쉽사리 분별
키 힘들 정도로 은밀하고도 치밀한 암격!

흔들!

그때 청년 무장이 억센 한 손으로 침상의 한쪽 모퉁이를 짚
고서 수중의 장창을 회전시켰다.

위와 아래.

파검으로 만들어진 수백 개가 넘는 파편을 휩쓰는 한편, 침
상의 바로 밑에서 튀어나온 세 개의 쇠꼬챙이를 단숨에 절단
해 버린다.

"크윽!"

"크으!"

오히려 자신들이 만들어낸 파검의 파편들에 역공을 당한
천장 쪽의 두 인자가 짤막한 신음을 토해냈다. 순식간에 절명
해 버린 거다.

투욱!

그와 동시에 청년 무장이 침상을 지지하고 있던 손에 힘을
주어 단숨에 바닥에 내려섰다.

콰득!

천근추를 펼쳤음인가!

청년 무장이 떨어져 내린 바닥이 움푹 파여 들어갔다. 더불어 지둔술을 펼쳐 이동하던 인자 중 한 명의 가슴이 함몰되었다. 단숨에 숨이 끊겨 버렸음이다.

물론 그것만으로 끝일 리 만무하다.

청년 무장의 손에 들려진 장창이 다시 전광을 일으켰다. 그러자 순간적으로 바닥에서 튀어나오던 세 명의 인자가 개구리처럼 바닥에 뻗어버린다. 암습을 가하려던 자들이 오히려 강력한 역공에 의해 전멸을 당해 버린 거다.

'그렇다고 도망을 가?'

청년 무장의 감각은 이미 실전 상태로 활성화된 상태였다. 그는 미리 간파했던 인자들의 공격이 이어지지 않은 것에 눈살을 찌푸렸다.

막사의 외벽 쪽에 붙어 있던 인자들!

가장 위험하다고 느꼈던 부류들은 일, 이차 암습이 실패로 돌아간 순간 기척을 지워 버렸다. 연거푸 청년 무장을 공격하는 대신 도주를 선택한 거다.

스슥!

청년 무장의 장창이 다시 움직임을 보였다. 이번에는 전광을 일으킨 게 아니다. 부근의 병기대에 올려져 있던 대여섯 개의 직도를 당겨오기 위함이었다.

부욱! 북! 북!

일순 병기대에서 튀어 오른 직도들이 유성과 같은 속도로 막사의 외벽을 뚫고 사라졌다. 도주에 오른 인자들을 휩쓸어 간 것이다.

하늘이 뚫린 것인가!

여전히 야천은 미친 듯 빗방울을 퍼부어대고 있었다. 곧바로 막사를 빠져나와 추격에 나섰던 청년 무장이지만 이 같은 상황을 맞자 더 이상 도리가 없었다.

파악!

바닥에 장창을 거꾸로 박아 넣은 청년 무장의 배후로 일순 백여 명에 이르는 창병과 도수병들이 모여들었다. 정식으로 군문에 이름을 올린 지난 일 년간 충실히 그의 수족이 되어주었던 형제들이다.

"부장님! 아무래도 놓친 것 같습니다!"

"발견한 시체는 몇 구였지?"

"넷입니다."

'젠장! 한 명? 아니면 두 명을 놓친 것인가!'

부장이라 불린 청년 무장이 나직이 이를 갈았다. 설마하니 상당한 부상을 당한 채 유군의 군영을 뚫고 탈출에 성공하는 자가 있을 줄은 몰랐기 때문이다.

그때 빗줄기가 더욱 거세어졌다.

탈출한 인자들의 흔적 따위가 남아 있어줄 리 만무하다.

'게다가 대장군께서 자리를 비운 군영을 계속 비워둘 수도 없는 노릇!'

유군.

당금 천하제일의 무인이라 불리는 곤왕 유대유가 절강성 일대를 도륙해 버린 부상국의 해적들을 소탕하기 위해 창설한 위소(衛所) 형태의 정예군이었다.

당연히 군율은 엄정, 그 자체!

단 사 년여 만에 절강성의 주둔군을 완전히 농락하던 해월왕의 해월낭인대를 본거지인 주산군도로 몰아내 버리는 대공을 세웠다.

하지만 현재 유군의 군영에는 대장군인 곤왕 유대유가 없었다.

절강성의 도지휘사 휘하의 도어사순무(都御使巡撫)가 남아서 병력을 통솔하곤 있으나 실전에 도움이 될 위인이 못 되었다. 실전의 경험이 거의 없는 전형적인 문관 출신인 까닭이다.

그래서 현재 유군의 실제적인 지휘는 유대유의 부장이자 백인대주를 겸하고 있는 제자 척호가 맡고 있었다. 자신의 성을 본따서 만든 휘하의 척가군(戚家軍)과 함께.

'내가 자고 있던 곳은 본래 사부님의 처소다. 그러니까 오늘 밤 암습에 나선 살수들이 노린 건 내가 아니라 사부님인 거다. 하지만 그렇게 해월왕이 바보일까?

오늘 밤 암습에 참여한 인자들은 전문가들이었다.

웬만한 고수나 무장이라면 목숨을 부지하기 어려웠을 정도의 살수를 펼쳤다. 도주 솜씨도 뛰어났고.

하나 곤왕 유대유가 어떤 사람인가!

이런 수준의 암습 같은 거엔 눈 하나 꿈쩍하지 않을 사람이었다. 당장 제자인 척호에게조차 통하지 않았다. 상처 하나 입히지 못한 거다.

그렇다면 어째서 해월왕은 이런 쓸데없는 짓을 한 것일까?

'해월왕, 그 자식! 사부님께서 군영을 떠나신 걸 눈치챈 게 분명하다!'

잠시의 고심 끝에 섬뜩한 결론을 내린 척호가 형제 같은 척가군들에게 재빨리 회군을 명했다.

추격?

지금부터 신경 쓸 건 그런 게 아니다. 사 년 전 절강성 일대의 도시를 쑥대밭으로 만들어놓은 해월낭인대의 대대적인 기습에 대비해야만 했기 때문이다.

*　　　*　　　*

눈앞.

흉측하게 벌어져 있는 옆구리가 보인다.

그 속에서 얼핏 절반 이상 괴사되어 버린 내장이 꿈틀거리고 있었다.

눈 역시 정기를 거진 소비해 버렸다.

곧 사신의 그림자에 휩쓸려 가버릴 게 분명하다.

그런 주제에 잘도 부복해 있는 인자를 묵묵히 지켜보던 흑의 변발의 무인이 문득 듬성듬성한 이를 드러내 보였다.

"황천기주! 금국의 팔기 중 최고의 야심가라고 하더니, 과연 대단하군! 지난 사 년간 절강성에서 요지부동, 움직임이 없던 곤왕으로 하여금 자신의 군대를 내팽개치게 만들다니!"

희색이 만면한 뇌까림.

순간 폭우를 쏟아내고 있던 밤하늘을 가르며 시퍼런 벼락 하나가 떨어져 내렸다.

우르릉! 콰콰쾅!

대지를 진동시키는 굉음 속에 드러난 변발무인의 진면목.

흉측하다!

본래 잘 갈려진 한 자루 칼날과 같았던 얼굴의 반면이 기괴하게 일그러져 있었다.

절반가량 남은 치아에 애꾸눈.

한쪽 광대뼈는 완전히 함몰되어서 본색을 알지 못하게 한다.

게다가 꽤나 준수한 다른 쪽 반면과 함께 겹쳐지니, 그 기괴함은 보는 이의 영혼조차 얼어붙게 만들 듯싶다. 그만큼 일반인과는 다른 용모였다.

해월왕 야규 세이쥬로!

한때 부상국 제일의 명문인 야규가 최강의 무인이라 불렸던 자.

그는 삼 년 전 전장의 한복판에서 우연찮게 곤왕 유대유와 조우한 후 일합을 겨룬 바 있었는데, 그 결과는 참혹했다. 얼굴의 반면과 휘하의 해월낭인대 중 삼분지 일을 영원히 잃어버려야만 했기 때문이다.

하지만 당시 그는 곧바로 할복하지 않았다.

그럴 수가 없었다.

지옥의 업화와 같은 복수심!

이를 위해 무사의 자존심을 버렸고, 오늘 드디어 기회를 잡게 되었다. 멀고 먼 북방의 대지에서 날아든 한 통의 밀지에 담긴 달콤한 속삭임이 사실로 드러난 것이다.

"수고했다."

"하이!"

짤막한 해월왕의 한마디가 떨어진 것과 동시였다.

보고를 끝낸 후에도 줄곧 부복의 자세를 풀지 않고 있던 인자의 마지막 생존자가 스르륵 바닥에 엎어졌다. 비로소 마지막으로 남아 있던 숨결의 끈을 놓아버릴 수 있게 된 거다.

촤락!

휘하 인자의 최후를 끝까지 지켜보지도 않고 신형을 돌려세운 해월왕이 일천에 달하는 해월낭인대를 향해 눈을 번뜩였다. 엄중한 명령이 또한 그 뒤를 따른다.

"동이 틀 무렵 기습에 들어간다! 곤왕이 부재중인 유군을 완전히 쓸어버리는 것이다!"

"하이!"

일천 해월낭인대들이 복명했다.

전날 지금의 절반밖엔 되지 않는 숫자로 절강성 주둔군 일만 명을 도륙한 대살육전을 떠올리며 마구 전의를 뿜어냈다.

*　　　*　　　*

서협(西峽).

섬서성(陝西省)과 하남성의 경계다.

본래는 커다란 교역도 없고 군사적인 요충지도 아닌 그저 그런 곳이었으나 근래 큰 소란에 휩쓸리게 되었다.

―황금대불마차의 소림행!

천하불류일통이란 어처구니없는 주장이 바람을 타고 날아든 후 곧 사천의 아미파가 봉문을 선언했다. 날벼락이나 다름없는 일이 벌어진 거다.

그 뒤 이어진 사천무림계의 침묵 돌입!

비로소 이 작은 소도시는 시끄러워지기 시작했다.

포달랍궁을 떠난 황금대불마차가 어느새 사천뿐 아니라 섬서까지 단숨에 가로질러 하남성의 경계에 위치해 있는 서협의 앞에 이르렀기 때문이다. 무수히 많은 섬서무림계의 불문 사찰들을 무차별적으로 짓밟고서 말이다.

수 리 밖에서도 보이는 눈부신 황금빛의 물결!

천천히 걸음을 옮기던 장대한 체격을 한 흑의무복 차림의 방립인이 눈에 맑은 기운을 담았다.

봉황안(鳳凰眼)!

단숨에 수 리 밖에서 장관을 만들어내며 이동하고 있는 황금대불마차의 경로를 간파해 낸다. 흑의방립인의 정체가 다름 아닌 천하제일의 무인이라 불리는 곤왕 유대유이기에 가능한 일이었다.

한 달 전.

그는 한 통의 전서를 받아 들고 절강성 녕파에 위치한 유군 군영을 나섰다. 소림사로 향하고 있는 황금대불마차를 중간에서 저지하기 위함이었다.

지난 사 년여간.

주산군도에 근거지를 둔 해월왕의 해월낭인대를 토벌하기 위해 전력을 기울여 왔다. 이렇게 갑작스레 유군의 군영을 떠날 결심을 한 건 꽤나 이례적인 일이라 할 수 있었다.

‘으음, 결국 화산파(華山派)와 종남파(終南派)는 움직이지 않았구나! 아무리 비검비선대회(比劍比仙大會)가 바로 눈앞이라곤 하나 새외 세력의 노골적인 준동을 이리 놔둘 줄이야……’

비검비선대회!

섬서성에 위치한 구대문파 중 화산파와 종남파 간에 매 십 년마다 벌어지는 일종의 비무대회다.

올해로 칠 회째가 되는 이 비무대회의 시작은 칠십여 년 전으로 거슬러 올라간다.

무림의 오대혈사 중 하나인 검파지사(劍破之史)!

당시 최전성기를 구가하던 화산파와 종남파 간에 결코 아물지 않을 깊은 감정의 골을 만들어놓은 대사건이다. 현재까지 양대문파가 비검비선대회에 목을 메게 된 이유이기도 하고.

내심 한차례 고개를 가로저은 유대유가 손끝으로 치켜올렸던 방립을 본래대로 돌려놨다.

무림.

과거 젊은 시절엔 꿈으로 존재했다. 군문의 자제로 태어난 그에겐 무한대에 가까운 자유와 웅지를 펼 수 있는 낭만의 대지로 느껴졌었다.

착각이었다.

무학을 어느 정도 이룬 후 무작정 집안을 뛰쳐나온 유대유가 방랑한 무림은 결코 자유와 낭만이 가득한 장소가 아니었다. 피와 죽음, 음모와 귀계가 난무하는 야성의 대지였다. 어떤 면에선 군문과 관부, 정계의 거물들이 생사존망을 걸고 자웅을 겨루는 황실보다 더욱 잔혹하고 비정한.

그래서 중년의 나이가 된 유대유는 아무런 망설임 없이 무림을 등질 수 있었다.

곤왕!

그 명예로운 외호와 무림계의 찬사조차 아랑곳하지 않고 다시 군문에 투신했다. 남은 여생을 국가와 힘없는 민초를 위해 외적과 싸우겠다는 맹세와 함께.

'분명 그랬었거늘! 역시 아직도 내겐 무림인의 피가 끓어오르고 있었구나! 결국 미숙하고 나이 어린 척호 녀석에게 대임을 맡기고 자신의 만족을 위해 군영을 이탈했으니……'

척호.

나이는 어리나 지난 사 년여간 유대유의 기대를 십분 충족시킨 인재였다.

무인의 자질뿐 아니라 무장으로의 능력 역시 일취월장하여 크게 믿음이 갔다. 유군의 지휘를 맡긴 건 그 같은 능력을 익히 알고 있는 까닭이었다.

그렇다 해도 해월왕과 그의 지휘를 받는 해월낭인대는 강적이었다.

유대유의 부재.

그것이 그들에게 알려진다면 분명 주산군도를 벗어나 다시 절강성을 공격해 올 게 분명했다. 전날 유대유가 이끄는 유군에게 대패를 당해 도주한 후 노략질을 거의 못했기 때문이다.

슈웃!

그 같은 생각에 빠져 있던 유대유가 일순 신형을 공중으로 띄워 올렸다. 봉황안으로 확인한 황금대불마차 쪽으로 신형을 날린 것이다. 천하의 누구도 감히 파악할 엄두를 낼 수 없는 속도였음은 물론이다.

두두두두두!

대지를 진동시키는 황금대불마차의 움직임은 가히 장관이었다.

일반 마차의 삼십 배나 되는 크기.

극도로 화려찬란한 라마교의 조각과 장식으로 가득한 거대한 황금 덩어리 마차를 끄는 건 삼십 마리의 한혈마와 삼십 명의 불노였다.

당연히 황금대불마차가 달리는 구역은 황진(黃塵)으로 가득했다. 햇빛에 찬연하게 반짝거리는 황금 광채가 거대한 먼지구름을 이끌며 이동하고 있었다.

기괴? 신비?

보는 이에 따라 다른 감정을 느끼리라!

다만 한 가지 단언할 수 있는 건 어떤 자라도 황금대불마차
의 이 같은 이동을 처음 본 순간 입을 크게 벌리리라는 거다.
그 정도로 대단한 장관이었다.

그런데 이게 어찌 된 일인가!

맹렬한 속도로 이동하던 황금대불마차가 갑자기 요란한
굉음과 함께 정지했다. 사전에 아무런 준비 동작이 없이 벌어
진 일이었다.

소란이 없을 리 만무하다.

이히히히힝!

이히히히힝!

삼십 필의 한혈마가 입에 거품을 문 채 난동을 부렸다.

개중에는 바닥에 주저앉아 똥오줌을 질질 싸갈기는 놈들
까지 있었다.

"크웨에에엑!"

"크아아아악!"

한혈마와 함께 보조를 맞추던 삼십 명의 불노들 역시 사정
은 마찬가지다.

그들은 일제히 입에서 피를 게워내며 바닥을 나뒹굴었다.
웬만한 일류고수의 무위를 지닌 자들답지 않은 추한 몰골이
되어버렸다.

그나마 황금대불마차의 상황은 나았다.

마차의 마부석.

　　방금 전까지 한혈마와 불노들에게 사정없이 채찍질을 가하고 있던 두 명의 라마가 건재했고, 호위역이던 십여 명의 라마는 안색을 흑빛으로 물들인 채 버티고 있었다. 마차에서 이탈하지 않은 대신 상당한 내상을 입은 듯하다.

　　더불어 두 배쯤 더 자욱해진 황진!

　　흡사 황룡이 구름을 만나 승천하는 것 같은 형상이다.

　　그때다. 거의 아비규환이나 다름없는 상황이 된 황금대불마차의 문이 열리며 내부에서 붉은 그림자 하나가 밖으로 튀어나왔다.

　　족히 일반인의 세 배가 넘는 육중한 몸집.

　　붉은 가사를 그럴듯하게 차려입은 노라마의 정체는 대법대불왕 휘하 팔대라마의 수장이자 칠마의 좌장 격인 홍의마불이었다.

　　화락! 화라라라락!

　　널따란 소매가 펼쳐졌다.

　　더불어 연달아 두어 번 휘저어지자 천지를 분분하던 황색 먼지들이 좌우로 나뉘어졌다. 황색 회오리에 휘감겨 승천하려던 황룡이 단숨에 흔적도 없이 사라져 버린 것이다.

　　그렇게 확보된 시야!

　　홍의마불이 기대했던 어떤 것도 보이지 않았다. 폭주하던 황금대불마차를 튕겨낸 철벽은커녕 나무 한 그루, 돌 한 무더기도 존재하지 않았다.

번뜩!

그때 홍의마불의 살 속 깊숙이 파묻혀 있던 실눈이 바늘같이 예리한 섬광을 발했다. 열심히 원인을 살피던 중 무언가 이질적인 물건을 발견해 낸 거다.

오륙 장쯤 떨어진 저편, 황금대불마차가 달리고 있던 관도의 한복판에 무언가 꽂혀져 있었다.

길쭉한 나무 막대기!

바닥에 비스듬히 꽂혀져 있다. 미동조차 없이.

'이런 말도 안 되는!'

홍의마불은 나무 막대기의 정체를 깨닫고 내심 침음을 삼켰다.

장창(長槍)의 창대!

그것이 막대기의 정체였다. 호선을 그리며 하늘을 가로지른 끝에 힘을 다하고 바닥에 고개를 처박아 버린 거다.

물론 이런 정도의 사정 때문에 홍의마불 같은 대마두가 놀랄 까닭은 없다.

그의 실눈에 담긴 섬광은 장창이 박혀든 대지의 주변을 빠르게 훑어간 직후였다.

대지를 뚫고 들어간 장창으로부터 시작되어 황금대불마차의 바로 앞까지 밀려든 기묘한 회오리 자국까지를 하나도 남김없이 살핀 것이다.

그 결과는 방금 전 흘린 내심의 침음이었다. 저 오륙 장 앞

에 박혀 있는 장창이 바로 황금대불마차를 정지시킨 기괴무
쌍한 충격파의 정체임을 깨달았기 때문이다.

그때 충격과 공포에 빠져 있는 홍의마불의 귓전으로 갑자
기 익숙한 웃음소리가 파고들어 왔다.

"아하하하! 재밌구나! 재밌어!"

'이런!'

홍의마불이 그제야 자신의 실책을 깨닫고 황금대불마차를
향해 허리를 숙여 보였다. 거대한 동산 같은 배의 압박이 보
는 이를 불편하게 만든다.

"아무래도 대단한 인물이 본 궁에 도발해 온 것 같사옵니
다! 제가 사제들과 함께 즉시 처리할 터인즉, 법왕께서는 잠
시만 기다려 주십시오!"

"혼자선 처리하기 힘들다고 생각한 것이더냐?"

"실수가 없기 위해서 그리해야만 할 것 같습니다."

"아미산에서와 같이?"

"……"

홍의마불의 실눈에 담겨진 섬광이 더욱 진해졌다.

아미산!

그는 형제나 다름없는 팔대라마 중 둘을 대동했음에도 아
미파를 멸문시키지 못했다. 느닷없이 등장한 뇌음사의 고승
과 승부를 가리지 못했기 때문이다.

두고두고 마음에 남을 법한 굴욕이다. 비록 아미파가 봉문

을 단행하고 그로 인해 사천 불교계를 완전히 침묵시키긴 했으나 더러운 기분까지 사라진 건 아니었다.

그 같은 상처를 아무렇지도 않게 건드는 대법대불왕의 행사가 홍의마불은 기분 나빴다.

상대가 서장의 신이라 불리는 포달랍궁의 주인이자 자신의 주인이 아니었다면 당장 황금대불마차를 향해 광금불륜을 집어던졌을지도 모르겠다.

한데, 바로 그때다.

잠시 상념 속에 빠져 침묵하던 홍의마불의 전신에서 맹렬한 기파가 뭉클거리며 쏟아져 나왔다. 존신마불강을 극한까지 일으킨 거다.

이유가 없을 리 만무하다.

그는 대법대불왕 쪽에 짜증 어린 시선을 던지던 중 느닷없이 목덜미가 서늘해지는 걸 느꼈다. 뭔가 오싹한 느낌이 목덜미에서 시작해 척추를 타고 저릿하니 꼬리뼈까지 전달되어졌다.

살기?

그런 것이 아니다.

더욱 무서운 기운이었다. 찰나에 생사를 가름할 만큼.

홍의마불의 손.

존신마불강만으론 부족하다 여겼는지 어느새 광금불륜을 빼 들고 있었다.

칠마와 팔대라마의 으뜸.

천하를 오시하는 초절정고수다운 빠르고 과감성있는 대응이었다.

슈파앗!

순간 존신마불강을 한껏 빨아들인 광금불륜이 맹렬한 회전을 만들어냈다. 신형조차 돌려세우지 않은 상태인 주인의 육덕진 몸을 크게 한차례 휘감아 버린다.

광금마전(光金魔轉)!

홍의마불이 자랑하는 세 가지 구명절초(求命絶招) 중 하나다. 어떠한 상황에서든 자신의 목숨을 구할 수 있다고 자신하는 절초를 한순간의 망설임도 없이 펼친 거다.

스스스슥!

홍의마불은 그에 더해 육덕진 몸에 어울리지 않는 속도로 자신의 신형을 분신시켰다. 그렇게 함으로써 만의 하나 있을지 모르는 광금마전의 실패를 희석시키려 했다.

그런데 이게 어찌 된 일인가!

순간적으로 자신의 역량을 몽땅 쏟아낸 홍의마불의 주변엔 어떠한 변화도 없었다. 암습이나 강렬한 공격의 징후 자체를 찾아볼 수 없었다.

'이게 도대체 어찌 된……'

일시 혼자서 오두방정을 떤 꼴이 된 홍의마불이 내심 침음을 토해냈다. 다소 얼굴까지 붉게 물들어 있다.

그때 다시 황금대불마차 안에서 대법대불왕의 대소가 터져 나왔다.

"아하하하! 그만 해! 그만 하라구! 본왕을 웃겨서 죽일 참이냐?"

"법왕……."

"됐다! 너한테 뭐라 하는 게 아니다! 존법 라마는 일단 뒤로 물러나도록 하라! 네 상대가 아니다!"

"…예."

존법 라마.

포달랍궁 내 홍의마불의 정식 직책이었다. 그런 식으로 불려지는 일은 평생에 걸쳐 몇 번 없었지만.

'법왕께서 이렇게 진지해지신 게 얼마 만인지 기억조차 하지 못하겠구나…….'

홍의마불이 내심 눈을 빛낼 때였다.

천천히 황금대불마차의 문이 열리며 매우 독특한 외양의 황금 가사 차림의 라마가 모습을 드러냈다.

서장의 신!

포달랍궁의 주인이자 새외제일인이라 불리기도 하는 대법대불왕의 등장이었다.

스르륵!

비스듬히 대지 위에 꽂혀 있던 창대 위.

어느새 한 명의 흑의방립인이 내려서 있다. 대법대불왕이 황금대불마차에서 모습을 드러낸 것과 동시에 유대유 역시 등장을 한 것이다.

깃털이라 한들 이러할까?

창대 위에 내려선 유대유의 신형은 평온하기 이를 데 없었다. 마치 창대와 아예 일체화라도 한 것 같은 모습이다.

반면 그의 봉황안은 황금대불마차를 빠져나온 대법대불왕을 묵묵히 살피고 있었다.

'환골탈태(換骨奪胎)를 한 것인가? 아니면 반노환동(返老還童)을?

봉황안에 살펴진 대법대불왕의 외관.

상상 이상으로 젊다.

몸 전체를 황금빛 가사로 두른 대법대불왕은 육 척이 조금 안 되어 보이는 중키에 하얀 피부, 독특한 금안을 한 삼십대 가량의 연배였다.

겉으로 보기에 그렇다는 뜻이다.

대법대불왕이 포달랍궁의 주인이 된 지 벌써 오십 년이 지났다. 설혹 갓난쟁이일 때 라마가 되었다 해도 저렇게 젊을 순 없었다.

유대유가 합리적인 의심을 할 때였다.

대법대불왕이 고개를 한차례 까닥여 보이곤 하얀 치열을 드러내며 미소 지었다.

"하하, 이거 정말 유쾌하군. 서장을 떠나 중원까지 들어온 보람이 있어. 이런 강자를 만나게 되었으니 말야. 그대가 바로 중원제일인이라 불리는 곤왕이겠지?"

'곤왕 유대유!'

외관상 손자뻘로 보이는 대법대불왕에게 불만 어린 시선을 던지고 있던 홍의마불이 얼른 유대유 쪽을 바라봤다. 전날 칠마와 함께 암살까지 하려 했으나 대면은 이번이 처음이었다.

그러나 유대유의 봉황안은 이미 홍의마불을 아랑곳하지 않고 있었다. 아예 없는 사람 취급했다. 대법대불왕을 진정한 강적으로 인정한 까닭이다.

유대유가 방립을 들어 올리곤 말했다.

"내가 유 모인 건 사실이외다, 그대가 대법대불왕인 것처럼."

"역시!"

대법대불왕이 여전히 즐거운 기색을 유지한 채 금안을 빛냈다.

"근래 부상국 제일의 검객인 해월왕과 싸우느라 정신이 없다고 들었는데, 한가한가 보구만?"

"잘 키운 제자가 한 명 있소이다."

"고작 한 명? 하긴, 제자란 게 많아봐야 소용이 없긴 해. 한 명이라도 제대로 된 놈이 있어야지."

"그대에게도 쌍룡이라 불리는 제자가 있다고 들었소만?"

"그놈들?"

대법대불왕이 피식 웃었다.

"쌍룡은 무슨! 그놈들 중 누구도 대라마가 될 자질은 없어. 그래서 요즘은 내 뒤를 이어받을 계집을 키우고 있는 중이야. 위대한 포달랍궁을 어설픈 놈들한테 넘길 순 없는 노릇이잖아? 뭐, 그런 건 됐구. 우리 이렇게 만났으니 한판 화끈하게 붙어보자구!"

"……."

유대유가 대답 대신 창대 위에서 뛰어내렸다.

툭!

발끝이 살짝 창대의 끝부분을 때리니, 어느새 한 자루의 그럴듯한 곤봉이 손에 들려져 있다.

군부에 속한 무인이 아닌 무림인으로서 싸움에 나서겠다는 의지의 표현!

그러자 홍의마불이 얼른 대법대불왕에게 다가가 수중의 광금불륜을 바쳤다. 그에게 광금불륜을 전수한 게 바로 대법대불왕이었기 때문이다.

"부디 제 광금불륜을 사용해 곤왕을 무릎 꿇려주십시오!"

"뭐, 상대가 중원제일인이니까."

대법대불왕이 한차례 고개를 끄덕인 후 광금불륜을 받아들었다.

슥!

그리고 신형을 돌려세우니, 여태까지의 장난스럽던 기색은 이미 온데간데없다.

서장의 살아 있는 신!

평생에 걸쳐 단 한 차례의 패배도 경험해 본 바 없다.

그러나 그 같은 점은 상대인 곤왕 유대유 역시 마찬가지다.

상승(常勝)과 불패(不敗)!

그 모순된 싸움이 이제 막 시작되려는 것이었다.

광금불륜을 손에 든 대법대불왕을 향해 유대유가 진중한 기색으로 말했다.

"그대는 손님, 삼 초를 먼저 양보하겠소이다."

"삼 초를 양보하겠다고? 본왕한테?"

"그렇소이다."

"아하하하! 그 농담, 재미없는데?"

"……."

유대유의 침묵에 대법대불왕이 웃음을 거둬들였다. 더불어 금안 가득 번져 나오기 시작한 폭발적인 광채!

분노?

그런 것이 아니었다.

오히려 대법대불왕은 더할 나위 없이 즐거워진 기색이 되었다. 삼 초 동안 어떻게 유대유를 요리할지에 대한 기대로 가슴이 벅차오르는 듯했다.

그런데 갑자기 상황이 반전되었다. 대법대불왕이 수중의 광금불륜을 내던진 것이다. 유대유가 아니라 부근에서 허리를 조아리고 있던 홍의마불을 향해.

단숨에 수백 개로 분화된 광금불륜!

홍의마불조차 내력이 부족해 익히지 못한 광금불륜 최강의 절초인 광금만륜(光金萬輪)이다. 불시에 기습까지 당한 상황이니, 방어할 수 있을 리 만무하다.

'헉!'

홍의마불은 대경해 입을 벌린 순간 이미 사지가 절단되어 피바다 속에 드러누웠다. 천하를 호령하던 칠마 중 한 명이 끝장나는 순간이었다.

반전은 그것만으로 끝난 게 아니었다.

홍의마불이 피바다에 누운 것과 동시였다. 황금대불마차를 호위하던 네 명의 라마가 갑자기 살기를 드러내며 대법대불왕을 향해 무지막지한 공격을 가했다.

밀종대수인(密宗大手印), 사린첨예(死鱗尖刈), 연환척혈(連環剔血), 혈혼극참류(血魂極斬流)…….

하나같이 극강이란 이름이 따라붙는 절세마공이다. 또한 놀라운 점은 그중 상당수가 포달랍궁의 절기가 아니란 점이었다.

번쩍!

순간 대법대불왕의 금안에서 다시 폭발적인 광채가 일어

났다.

더불어 다시 움직임을 보인 광금불륜!

네 개의 절세마공을 장난이라도 치듯 박살낸 광금불륜이 또다시 피의 폭풍을 만들어냈다. 놀랍게도 한차례 회전만으로 각자 초절정에 근접해 있던 팔대라마 중 넷의 수급을 잘라버린 것이다.

빙그르르!

뒤늦게 털썩거리며 바닥에 무너져 내리는 네 명의 라마.

그들에게 일별조차 던지지 않은 채 대법대불왕이 광금불륜을 받아 들었다. 그의 식지에 걸린 광금불륜이 장난스런 회전을 보인다.

'대법대불왕, 과연 범상한 자는 아니로군.'

내심 눈을 빛낸 유대유가 미미하게 고개를 끄덕여 보였다.

느닷없이 벌어진 학살극!

그는 이미 예상하고 있었다. 단지 자신이 직접 손을 써야 할지에 대해서 조금 고민했을 뿐이었다.

그때 대법대불왕이 여전히 숨이 붙어 있는 홍의마불에게 다가가 하얀 이를 드러내며 웃어 보였다. 자연스레 서장어가 흘러나온다.

"너는 처음부터 날 싫어했지? 하지만 그래도 본 궁과 서장을 통째로 팔아먹으려 할 줄은 몰랐구나!"

"버, 법왕님, 그건 오해십니다! 저는 절대로……."

"오해라고?"

대법대불왕이 한차례 혀를 찬 후 고개를 가볍게 흔들어 보였다. 여전히 장난스런 모습이고 표정이다.

"사실 나는 여태까지 확신을 할 수 없었어. 설마하니 내 수족이나 다름없는 팔대라마 속에 타 세력의 끄나풀이 숨어 있으리라곤 믿고 싶지 않았거든. 하지만 어떻게 해월왕하고 죽어라 싸우고 있어야만 할 곤왕이 이곳에 나타난 것일까? 그것도 내가 막 하남성에 들어서려는 시점에 말야!"

"그, 그건……."

"아아, 굳이 설명하려 하지 않아도 돼. 어차피 곤왕도 그 같은 사실에 대해서 합리적인 의심을 품었던 것 같으니까. 그와 얘기를 나누다 보면 대충 너희들의 배후가 밝혀지겠지. 마교(魔教)의 후신인 대종교인지, 아니면 천하를 일통하겠다고 날뛰고 있는 금국의 암중 지배자 황천기주인지 말야."

"……."

힘겨운 숨결과 함께 대법대불왕을 올려다보던 홍의마불의 두 눈에 두려움이 사라진 대신 원독의 기운이 넘실거렸다. 사지 절단을 당하고도 망설이던 최후의 한 수를 사용해야겠다는 결단을 내린 것이다.

'천참만륙멸신공(千斬萬戮滅神功)! 그 저주의 마공이라면 이 오만으로 뭉쳐진 녀석을 죽일 수 있다!'

그 같은 생각과 동시였다. 당장에라도 숨이 끊어질 것 같던 홍의마불의 몸이 급격히 부풀어 오르기 시작했다. 거진 세 배 정도까지.

'저 눈빛은!'

묵묵히 대법대불왕의 문하 정리를 지켜보던 유대유의 눈에서 이채가 스쳐 갔다. 홍의마불의 눈 속에서 격렬한 전장에서 종종 보곤 했던 자살 특공대와 똑같은 감정의 흐름을 느낀 까닭이었다.

심동체동(心動體動)!

마음이 움직이면 몸 역시 움직이는 법!

순간 수중의 곤봉과 일체가 된 유대유의 신형이 빛으로 화했다. 공간을 뛰어넘어 천참만류멸신공을 펼치기 직전의 홍의마불에게 파고들어 간 것이다.

빠각!

홍의마불의 머리가 수박처럼 박살났다. 천참만류멸신공을 펼치기도 전에 숨이 끊어졌다. 칠마의 좌장이며 포달랍궁을 대표하던 팔대라마의 수장이었던 거마가 허무(虛無)로 귀일(歸一)하는 순간이었다.

"멋지군!"

곤봉을 거둬들이는 유대유를 향해 대법대불왕이 찬사를 터뜨렸다.

그 역시 심동체동의 절대고수!

하지만 이 정도 지근거리에서 천참만류멸신공에 휘말렸다

면 생명을 장담할 수 없었을 터였다. 설마하니 마교가 사라진 후 세상에서 사라졌다고 알려졌던 천참만륙의 동귀어진 수법이 홍의마불에게서 펼쳐질 줄은 몰랐기 때문이다.

잠시 홍의마불의 처참한 시체를 살피고 대법대불왕 쪽으로 신형을 돌려세운 유대유가 진중한 기색으로 말했다.

"법왕, 이번 일에 대해서 어찌 생각하시오?"

"마교의 마공이 다시 세상에 나타난 걸 말하는 건가?"

"그렇소."

"뭐, 재밌게 된 거지. 금국의 황천기주란 녀석은 지나치게 잔머리만 굴려대서 상대하는 재미가 적었거든."

"황천기주와 대종교가 연합했을 가능성도 있소만?"

"그럼 골치 아프게 된 거고. 하지만 그건 곤왕과 중원 역시 마찬가지 아닐까?"

"물론이오."

유대유가 천천히 고개를 끄덕여 보였다.

　*척가군, 척계광:산동성 등주(登州) 사람인 척계광은 명나라 말기 '가정(嘉靖) 년 간'에 절강(浙江), 복건(福建) 등지에서 왜구가 횡횡하자 4,000명의 '척가군(戚家軍)' 이라는 의용군을 조직해서 왜구를 소탕하였고, 그 공로로 '복건성'의 군사를 지휘하는 복건총병(福建總兵)에 오르게 된다. 이후 가정제와 그 손자인 만력제(萬曆帝) 시기까지 북방에서 타타르, 즉 몽고족의 침공이 계속되어 변방이 소란해지자 당시 국정을 장악하고 개혁 정치를 꾀하던 내각대학사(內閣大學士) 장거정(張居正)에 의해 발탁되어 북경 일대의 방어를 맡는 계주총병으로 임명되어 여러 차례 타타르 군을 격퇴한다. 본작 소림군왕에서는 아명으로 척호라 하고, 후일 척가군과 함께 공을 세운 후 계광이라 이름을 바꾸는 것으로 설정되어 있다.

　*명 후대의 전시 지방 군사 지휘 편제의 간략한 개요:군령(軍令)은 도독부(都督府)에서 군정(軍政)은 문관이 수반으로 있는 병부(兵部)에서 관장한다. 지방의 군제는 도지휘사사(都指揮使司)를 정점으로 조직하고, 각 성(省)의 도지휘사(都指揮使) 아래에 위소(衛所)의 형태로 실질적인 병력을 편성했다.

第二十三章

독송세수(讀誦洗髓)

少林棍王
소림곤왕

밤.

저녁 예불이 끝나고 얼마 지나지 않았을 때였다.

지난 며칠간 불목하니로 지낼 때완 비교가 되지 않을 정도로 정신적인 혹사를 당한 엽자건이 시커먼 하늘을 올려다봤다. 절로 기지개가 켜진다.

뿌득! 뿌드득!

잘 단련된 전신의 근육이 거센 약동을 보인다. 마치 느닷없이 일어난 지진이 몸 전체를 휩쓸고 간 것 같은 형상이다. 몸 전체를 감싼 용골의 꿈틀거림인 것이다.

그때 달빛 저편으로부터 익숙한 그림자 하나가 나타났다.

며칠 전부터 철담협개와 함께 소림사 경내에 머물게 된 이가 흔이었다.

'또 복수하러 온 건가?'

지난 며칠간 툭하면 복수하겠다고 찾아왔던 이가흔의 등 장에 엽자건이 내심 쓴웃음을 지었다. 하루의 피로가 풀리기 도 전에 다시 쌓이게 생긴 것이다.

그가 얼른 초조암 쪽으로 걸음을 옮기려 할 때였다.

이가흔이 얼른 목청을 높였다.

"나한테서 도망치려는 거냐!"

"맞아."

엽자건이 그녀 쪽을 돌아보지도 않고 걸음을 조금 더 빨리 했다. 이젠 거의 달리는 정도의 속도다.

'이게!'

이가흔이 두 눈을 크게 치켜뜨곤 신법을 펼쳐 단숨에 엽자 건의 앞을 가로막아 섰다. 양팔까지 활짝 벌리고 서 있는 게 절대 그냥 보내줄 수 없다는 의지를 잔뜩 드러내고 있다.

"아미타불! 참으로 고약한 여시주로세. 어찌 엄숙한 불사 에서 이리 경망된 걸음을 하는 것이오?"

"징그럽다! 말투 바꿔라!"

"아니, 그러니까 어째서 내 길을 가로막고 선 거요? 나는 근래 무척이나 피곤한 임무를 맡고 있어서 이 소저와 놀 체력 이 남아 있지 않단 말이오!"

"놀아? 나랑?"

기가 막힌 기색이 된 이가흔을 향해 엽자건이 묘하게 몸을 꼬아 보이며 장난스런 연쌍비를 펼쳐 보였다. 그녀를 대번에 울컥하게 만드는 행동이다.

"죽을래! 진짜 내 실력을 보여줄까? 앙!"

"보여줄 거요? 타구봉법을!"

"……."

이가흔이 허리에 끼워뒀던 청죽봉을 붙잡은 손을 부르르 떨어 보였다. 문득 엽자건의 눈에 담긴 진지한 기색에 전신이 오싹해져 온 까닭이다.

'이 자식! 진짜로 타구봉법을 원하고 있는 건가?

타구봉법!

그녀 역시 후개로 확정되지 못했기에 완벽한 진수를 터득하진 못했다.

하지만 그것만으로도 여태까진 충분했다.

권각으로 안 되는 강적을 만났을 때 타구봉법의 몇 초식만 펼쳐도 단숨에 전세를 역전시킬 수 있었다. 사실상 거의 구명절초에 가까웠다.

당연히 타구봉법은 그녀에겐 자랑이었고 자부심이었다. 여인이란 체질상의 한계로 강룡장을 익히지 못한 만큼 언젠간 타구봉법으로 최극의 경지에 도달하고 싶었다.

그런 타구봉법을 노리고 있다니!

다른 때 다른 자 같았으면 당장 목을 날려 버려도 시원치 않았을 것이다. 눈앞에 서서 빙글거리고 있는 자가 엽자건만 아니라면 말이다.

잠시의 고심 끝에 이가흔이 말했다.

"타구봉법 줄까?"

"응?"

"네가 원하면 내가 알고 있는 타구봉법의 진결을 넘겨줄 수도 있다고. 그러니까……."

"됐수!"

엽자건이 언제 빙글거렸냐는 듯 이가흔의 말을 끊었다. 그리고 강한 힘이 담긴 눈으로 말한다.

"나는 소림곤으로 충분하오! 아무리 철담협개 방주님의 명을 받은 거라 해도 그렇게 싫은 티 팍팍 나는 얼굴로 얘기하진 마시오."

"티 났냐?"

"많이."

엽자건의 단호한 말에 이가흔이 슬쩍 입술을 내밀어 보였다. 은근히 도발적인 모습이다.

"그래도 자존심은 있는 놈이라 다행이구나! 나는 또 덥석 받아들일까 봐 걱정했지."

"철담협개 방주님과는 제법 긴 시간을 보냈소. 먼저 군침 돌게 만들어놓은 후에 뒤통수를 후려치는 수법에 대해선 꽤나 많이 당해봤지."

'할아버지… 정말 이 자식이 마음에 들었구나!'

내심 철담협개를 떠올리며 고개를 가로저은 이가흔이 어깨를 가볍게 추어 보였다.

"뭐, 그럼 그건 그렇다 치고. 포달랍궁의 요녀는 무슨 생각을 하고 있는지 알아낸 게 있어?"

"난 간자나 세작이 아니오!"

"포달랍궁은 소림사의 적이잖아. 어차피 개방도 이번 싸움에 한몫 끼어들게 된 것 같으니까 정보 공유 좀 하자!"

"정보 공유란 건 주거니 받거니의 다른 말인 것 같은데?"

"뭘 원해?"

"지금 걸치고 있는 속곳의 종류 정도?"

"……."

이가흔이 번개같이 연쌍비를 펼쳐 냈다. 이번에는 그동안 사용한 적이 없었던 지척천애권(咫尺天涯拳) 역시 함께였다.

파곽!

바바바바박!

순간 폭발적으로 쏟아진 이가흔의 권각을 대수롭지 않게 방어해 낸 엽자건이 얼른 뒤로 신형을 뽑아냈다. 연쌍비에서 지척천애권으로 변환되는 짧은 단절을 놓치지 않고.

스슥!

그리고 뒤도 돌아보지 않고 내달리니 어느새 한 점의 그림자로 화해 버린다. 이가흔이 도저히 따라잡지 못할 정도의 속도로 도주해 버린 거다.

"저 자식… 진짜 천재인 건가?"

이가흔이 상기된 얼굴을 한 채 가볍게 가슴을 들썩거렸다.

엽자건과의 투닥거림을 가장한 비무!

대여섯 차례 이후엔 이렇게 항상 싱겁게 끝나곤 한다. 아예 엽자건이 상대조차 해주지 않았기 때문이다.

이유?

뻔하다. 이가흔은 결코 인정하지 않을 테지만.

단숨에 이가흔을 따돌리고 초조암에 이른 엽자건이 귀를 소지로 후벼팠다.

"이 소저, 또 그 호걸스런 입담으로 내 욕을 퍼붓고 있나 보군. 진짜로 도마단을 시키면 딱인데 말야!"

예인의 눈.

벌써 사 년여가 넘도록 무인의 삶을 영위했음에도 여전히 날카롭다.

그때 반가운 얼굴이 보였다.

마침 초조암 앞마당을 서성거리며 사색에 잠겨 있던 도심이었다.

"아미타불! 엽 사제, 오늘도 늦게까지 고생이 참 많았네."

"도심 사형을 뵙습니다!"

엽자건이 얼른 도심 앞에 달려가 반갑게 웃어 보였다. 이가흔 앞에서 보였던 태도가 무색할 정도로 정중한 모습이다.

도심이 부드러운 미소와 함께 말했다.

"그래, 포달랍궁의 시주님들은 안녕들 하신가?"

"안녕하죠. 너무 안녕들 해서 문제입니다."

엽자건의 퉁명스런 반응에 도심이 더욱 넉넉한 미소를 만들어 보였다.

"본래 본 사가 속한 임제종과 포달랍궁이 추구하는 라마교는 같은 대승불교(大乘佛敎)의 일맥이라네. 비록 서장과 중원으로 갈라져서 독자적으로 발전했지만 만약 이번 기회에 불법의 교리를 나눌 수 있다면 매우 좋은 공부의 기회가 될 것이라 생각하네."

"어? 그럼 그 괴상한 라마승 녀석들과 우리 소림사가 추구하는 교리가 같다는 겁니까?"

"시작이 그렇다는 것일세. 본래 라마교는 대승불교의 비밀교(秘密敎)가 예부터 내려오는 토착적 민속신앙과 결부 융합된 밀교(密敎)라네. 그래서 금강승(金剛乘)을 숭상하고 진언(眞言)인 다라니(陀羅尼)를 암송하며 모든 악(惡)을 제거하는 걸 본으로 삼는다네."

"그건 마치……."

"그래, 본 사의 무(武)를 맡고 있는 나한당의 십팔나한이 숭상하는 금강불과 동일한 이치라네. 근본적으론 말이야."

"역시 도심 사형은 정말 박식하십니다!"

"허허, 그저 책을 보고 얻은 얕은 지식에 불과하다네."

'아닌 것 같은데……'

엽자건은 내심 중얼거린 후 은근한 목소리로 말했다.

"도심 사형, 그럼 제가 언제 한번 포달랍궁의 라마들과의 만남을 주선해 드릴까요?"

"엽 사제가 곤란해지는 건 원치 않는다네."

"별로 그런 건 없습니다. 다만……."

"다만?"

"그 라마승들이 좀 무도합니다. 정말 개념이 없는 놈들이라 혹여 도심 사형한테 무례를 범할지도 모릅니다."

"불법의 궁구를 추구하는 길일세. 어찌 그런 일에 신경을 쓰겠는가? 엽 사제가 포달랍궁의 시주님들과 만남을 주선해 준다면 내 기꺼운 마음으로 응하겠네."

"……."

진심으로 기뻐하는 도심을 향해 엽자건이 어색하게 웃어 보였다.

진짜 불도의 길을 걷는 승려의 본!

어느 누구보다 눈앞의 도심이 근접해 있다는 생각이 든다. 사부 보종이나 사숙조인 종경 같은 무공광들보다 더.

그때다.

갑자기 나직한 비웃음 소리가 사방에서 울려 퍼졌다.

육합전성(六合傳聲)?

비슷하나 다르다. 그 정도로 교묘하진 않았다. 목소리 속에 담겨진 기파의 흐름을 쫓으니, 대번에 진원을 간파해 낼 수 있었기 때문이다.

사삭!

재빨리 비웃음이 터져 나온 방향으로 신형을 돌려세운 엽자건이 눈에 살기를 담았다. 목에는 실핏줄들이 다닥거리며 튀어나와 있다. 사자후로 비웃음을 터뜨린 상대를 계도하고자 한 까닭이었다.

그러나 엽자건은 입을 벌리지 않았다.

뿐만 아니라 단전에서 잔뜩 끌어올렸던 진기 역시 빠르게 가라앉혔다.

"…우빌라 라마님이 아니십니까?"

"그래, 나다."

대뜸 반말을 던진 우빌라가 여전히 입가에 노골적인 비웃음을 담았다. 하지만 그는 내심 크게 놀란 터였다.

'거의 십오륙 장이나 떨어진 곳에서 천리회성(千里回聲)의 수법을 사용했는데, 이렇게 쉽사리 알아볼 줄이야! 저 머리에 피딱지도 벗겨지지 않은 녀석이……'

그 같은 생각과 함께 그는 신형을 움직였다. 순식간에 엽자건과의 거리를 십여 장이나 단축한 것이다.

스스스슥!

엽자건의 눈에 다시 살기가 일었다.

쌍룡의 한 명인 우빌라!

위험한 자다.

함께 있는 도심이 걱정되지 않을 수 없었다.

우빌라가 그 같은 엽자건의 변화를 눈치채곤 얼굴 가득 흉악한 기색을 담았다.

"또 건방진 눈빛을 보이는구나! 이곳이 서장이 아닌 걸 고마워해야 할 것이다!"

"그러게 말입니다. 저 역시 서장에는 그다지 관심이 없으니, 정말 다행스런 일입니다."

"하!"

우빌라가 천연덕스런 엽자건의 응대에 나직이 탄성을 터뜨렸다. 한마디도 지지 않고 대꾸하는 게 얄밉기도 하고 화도 나는 것이다.

그때 은연중 엽자건에게 보호받는 위치에 서 있던 도심이 불쑥 나섰다. 우빌라의 복장으로 그가 바로 포달랍궁에서도 고위에 속한 라마임을 눈치챈 까닭이다.

"소승은 소림사의 초조암을 맡고 있는 도심이라 합니다. 혹시 서장 포달랍궁에 속한 분이 아니신지요?"

"초조암의 도심?"

우빌라의 시선이 엽자건을 넘어 도심을 향했다.

초절정을 바라보는 위치!

단숨에 도심의 변변찮은 무공 수위를 읽어낸다. 냉소가 흘러나오지 않을 수 없다.

"푸핫! 중원제일이라는 소림사에 무공의 기본도 없는 자가 있을 줄은 몰랐군. 본 라마는 위대한 서장의 신이신 대법대불왕 대라마님의 제자인 우빌라라 한다."

"아, 그러시군요!"

도심은 자신의 무공 수위를 비웃는 우빌라의 말에 전혀 개의치 않았다.

초조암의 학승을 선택한 건 오로지 그 자신의 의지였다.

무(武)가 아니라 다른 길을 선택했음을 후회치 않으니, 상처받거나 화낼 일이 없었다.

그는 오히려 좋은 기회라 여겼다.

"그렇지 않아도 마침 엽 사제에게 부탁을 하고 있던 참입니다. 오늘 이렇게 우빌라 라마님과 소승이 만난 것도 인연이니, 초조암에 잠시 들러주시지 않겠습니까?"

"초조암?"

"예, 소승이 차를 한잔 올린 후 우빌라 라마님께 오랫동안 고심해 왔던 몇 가지 라마교 경전에 대한 가르침을 청하고자 합니다."

말을 마친 도심이 일수합장과 함께 정중하게 허리를 숙여 보였다.

진실로 가르침을 청하는 자세.

움찔!

우빌라의 불꽃을 뿜는 듯하던 안광이 가벼운 흔들림을 보였다.

'이런 망할 일을 봤나! 나는 라마교 경전에 관해서 아는 게 쥐뿔도 없는데……'

포달랍궁의 쌍룡!

대라마인 대법대불왕의 수많은 제자들 중 가장 무공이 뛰어나다고 정평이 나 있었다.

그러나 그건 어디까지나 무공에 관해서일 뿐이었다.

문무겸전(文武兼全).

말처럼 쉬운 게 아니다.

소림사의 고승들을 제외한 무승들 중 태반이 불교 경전 공부에 그다지 큰 조예가 없는 것과 마찬가지라 할까?

쌍룡 중에서도 성격이 포악하기로 소문난 우빌라의 두 눈이 곧 붉은 전광을 토해냈다. 도심을 위협해서 불법을 절차탁마(切磋琢磨)하자는 둥의 말을 봉하려 한 것이다.

"헉!"

도심의 입에서 기함이 터져 나왔다. 무공이 미약한 터라 일시 우빌라의 눈에서 튀어나온 소뢰마기에 내상을 당해 버렸다. 그리고 그와 동시였다.

"그만둬!"

짤막한 일갈과 함께 이미 용골을 충분할 정도로 풀어뒀던 엽자건이 쏜살같이 우빌라에게 파고들었다.

부아앙!

그의 손에는 어느새 삼절마곤이 들려져 있었다. 순간적으로 소뢰마기에 노출된 도심을 손바닥으로 밀어내고 우빌라의 머리를 향해 맹렬한 일격을 가했다.

—천사 일로 무정세!

소림곤의 정수인 일타일게의 원칙이 고스란히 담겨져 있다.

'제법?

우빌라의 얼굴에 일순 흥미의 기색이 담겼다. 엽자건의 곤법이 생각보다 훌륭하단 판단이 든 때문이다.

덕분에 장난스럽던 마음이 조금쯤 진지해졌다, 아들뻘도 안 되는 엽자건을 상대로.

파곽!

우빌라의 수장이 뒤집혔다. 그러자 벼락처럼 튀어 오른 소뢰마기의 압도적인 내경!

순간적으로 엽자건의 삼절마곤이 튀어 오른다.

내력의 차이?

그것뿐만일 리 만무하다.

일순 우빌라의 신형이 고무줄처럼 쭈욱 늘어났다. 단숨에

엽자건의 품속으로 파고들어 성명절기인 소뢰마존장(小雷魔
尊掌)을 날린 것이다.

그러자 크게 일그러진 공간!

소뢰마기가 듬뿍 깃든 소뢰마존장이 단숨에 엽자건의 가
슴을 뭉개 버렸다.

분명 그렇게 보였다.

그러나 우빌라는 자신의 소뢰마존장에 걸려든 게 아무것
도 없다는 걸 눈치챘다. 그의 수장이 닿기도 전에 엽자건이
금강부동보를 펼친 까닭이다.

더불어 다시 그의 머리를 노리며 떨어져 내린 삼절마곤의
일격!

부아앙!

귓전을 울린 소리가 범상치 않다. 족히 첫 번째 공격보다
두 배는 강한 위력이 담겨 있는 듯싶다.

'건방진!'

우빌라의 두 눈에 담겨져 있던 소뢰마기가 더욱 짙어졌다.
엽자건이 자신을 희롱했음에 분노한 거다.

빙글!

그의 신형이 일순 팽이처럼 제자리에서 회전했다. 엽자건
의 삼절마곤을 그런 식으로 피한 것이다. 그리고 불쑥 손을
뺀자 우두둑 하며 팔이 늘어난다.

팔비탈골수(八臂脫骨手)!

포달랍궁 비전의 금나수가 벼락같이 엽자건의 가슴속으로 파고들었다. 역시 소뢰마기가 가득 담겨져 있었음은 물론이다.

콰득!

이번엔 진짜로 엽자건의 가슴이 움푹 들어갔다.

팔비탈골수에 담겨진 소뢰마기가 폭발하듯 쏟아진 까닭이다.

'이런!'

우빌라는 자신이 사고를 쳤다고 생각했다. 그냥 겁만 주고 끝내려 했는데, 엽자건의 천생적인 살기와 예상을 뛰어넘는 무위에 자극되어 지나치게 손을 써버렸다. 즉사를 시킬 만한 일격을 가해 버리고 만 거다.

그런데 이게 어찌 된 일인가!

그가 내심 당황한 것과 동시였다. 소뢰마기에 가슴이 뭉개졌을 엽자건의 삼절마곤이 번개같이 옆구리로 파고들어 왔다. 더욱 짙어진 살기와 함께.

퍽! 퍼퍽!

황급히 팔비탈골수로 막았으나 반 박자 정도 늦었다. 어느새 엽자건의 삼절마곤은 우빌라의 옆구리와 허벅지에 강력한 일격을 먹이고 있었다.

"크으!"

우빌라의 입에서 고통스런 신음이 튀어나왔다.

초절정을 넘보는 무위를 지녔다 하나 삼절마곤에 담긴 역근내경조차 무시할 수 있을 정도는 아니었다. 일시 옆구리가 시큰거리고 허벅지가 쑤셔오는 게 부상이 근골에까지 이르렀음을 짐작케 한다.

그러나 달리 서장에 쌍룡불인이란 말이 떠도는 게 아니다.

번쩍!

일순 우빌라의 두 눈에서 소뢰마기가 폭발적으로 증폭했다. 언제 엽자건에게 심하게 손을 쓴 걸 걱정했냐는 듯 폭풍 같은 살기를 뿜어내기 시작한 것이다.

'저런! 우빌라가 완전히 열받았잖아!'

또다른 쌍룡인 부탄은 몰래 숨어서 엽자건을 살피던 중 눈을 가늘게 만들었다.

부탄은 본래 남색가였다.

어려서부터 여자에 대해선 관심이 없었고 오로지 잘생긴 사내에게만 성적인 충동을 느꼈다. 그래서 불문이나 성애에 관해서 무척 관대한 포달랍궁에 입문했고, 여태까지 아주 잘 살아왔다. 잘생긴 서장의 미소년들을 제자로 받아들여 사사로운 욕심을 마음껏 풀어온 것이다.

그런 그가 중원에 들어선 후 처음으로 관심을 느낀 게 엽자건이었다.

잘생긴 얼굴에 조각같이 잘빠진 몸매.

엽자건은 사내를 보는 눈이 깐깐한 부탄조차 내심 한숨을 내쉬게 만들었다. 그야말로 이상적인 상대란 생각이 들 정도였다.

그래서 부탄은 줄곧 기회를 노리고 있었다.

엽자건을 어떻게든 자신의 것으로 만들 순간을 묵묵히 기다리고 있었던 거다.

그런데 평상시와 다름없이 엽자건의 뒤를 몰래 쫓고 있던 중 우빌라가 잔뜩 열받은 모습을 보게 되었다. 한입에 삼켜도 비린내조차 나지 않을 것 같은 엽자건에게.

'살인귀 우빌라가 저런 꼴이 되었을 때 주변은 항상 피바다가 되곤 했었다! 저 귀여운 녀석은 분명히 우빌라의 손에 죽고 말 거야! 아깝게도……'

고심.

그리 오래가지 않았다.

그동안 감요진이나 우빌라 몰래 엽자건에게 들인 공을 생각해서라도 이 막장극은 막아야만 했다.

그 같은 생각과 함께 부탄이 숨어 있던 장소에서 신형을 일으켜 세우려 할 때였다. 그의 견정혈과 명문혈 쪽에서 갑자기 저릿한 기운이 파고들어 왔다.

"어?"

부탄은 자신의 만겁청절환락신공(萬劫淸絶幻樂神功)이 단숨에 소멸해 버리는 걸 느끼며 의식을 잃어버렸다. 포달랍궁의 쌍룡이란 이름이 무색하게.

　풀썩!

　우빌라는 소뢰마기를 거의 십성까지 일으킨 채 엽자건을 노려봤다.

　바람도 없는데 그의 홍포가 부풀어 오른다.

　소뢰마기가 강기(罡氣)의 형태로 발현하기 직전에 이른 거다.

　엽자건 역시 긴장하긴 마찬가지다.

　'케헥! 방금 전에 가슴을 얻어맞은 부위가 지금도 아파 죽겠는데… 이건 완전히 끝장을 보자는 분위기잖아! 이봐! 라마 아저씨! 여긴 소림사 경내라구! 서장이 아니야!'

　우빌라의 소뢰마기를 받아낸 가슴.

　시퍼렇게 멍들었다.

　손도장이 확연할 정도로 찍혀 버린 거다.

　하지만 내상 따위는 전혀 당하지 않았다. 칠종진기와 역근내경의 빈틈없는 대치 속에 어찌 다른 외부의 기운이 범접할 수 있겠는가!

　내심의 당황한 부르짖음과 달리 엽자건의 눈빛은 차갑게 가라앉아 있었다.

　앞서 우빌라에게 회심의 일격을 가하기 위해 모험까지 했던 터였다. 이제 그가 진심이 되었다 하여 뒤로 물러서거나 겁을 먹을 까닭은 없었다.

그런데 소뢰마강에 휩싸인 우빌라를 긴장한 채 주시하고 있던 엽자건의 눈매가 가늘어졌다. 입가엔 가벼운 미소까지 번져 나온다.

어째서?

이유는 곧 밝혀졌다. 일순 팽팽하게 당겨졌던 실이 끊겨진 것과 같이 엽자건을 향해 달려들려던 우빌라의 배후에 흐릿한 그림자가 나타난 것이다.

'이건 또 뭐야?'

우빌라는 이미 소뢰마기를 극한까지 끌어올려 놓고 있었다. 화가 잔뜩 난 김에 그리했다.

당연히 그의 기감은 최고조였다.

어떠한 절대적인 무위의 고수라 해도 자신 몰래 지척까지 다가들 순 없을 터였다. 그런 자신감이 있었다.

아니다.

그만의 착각이었다.

엽자건의 갑작스런 표정 변화를 통해 자신의 배후에 생긴 이변을 눈치챈 순간 우빌라의 무릎에서 힘이 빠졌다.

상황은 부탄과 같았다.

갑자기 견정혈과 명문혈이 저릿해지더니, 극한까지 일으켰던 소뢰마기가 소멸해 버렸다. 그의 의식을 동반하고.

털썩!

우빌라가 정신을 잃고 바닥에 쓰러지자 엽자건의 얼굴이 환하게 밝아졌다. 전날 장경각 앞에서 초인적인 무위를 선보였던 불목하니 노인과 재회한 게 무척이나 기뻤다.

"불목하니 어르신! 후배 불목하니인 엽자건이 인사드립니다!"

"후배 불목하니……."

여전히 낡은 회의 승포를 걸친 노승.

스스로를 장경각을 떠날 수 없는 불목하니라 칭했던 노인이 대뜸 자신 앞에 엎드려 절하는 엽자건을 보고 어색하게 웃어 보였다.

잠깐뿐이었다.

그는 곧 바닥에 엎드린 엽자건을 떠나 소뢰마기에 몸을 상한 도심에게 다가갔다.

"이런 나쁜 기운을 몸속에 쌓아둬서야 어찌 제대로 된 불경의 해독을 할꼬?"

"……."

나직한 중얼거림과 함께 노인이 도심을 일으켜서 명문혈과 단전을 어루만졌다. 자신의 내력으로 도심의 몸속에 깃든 소뢰마기를 해소시키기 시작한 것이다.

잠시 후.

소뢰마기에 침습을 당해 정신을 잃었던 도심과 불목하니

노인은 초조암에 마주앉아 한담을 나누고 있었다. 엽자건으로선 거의 십중팔구는 전혀 알아들을 수 없는 박대정심한 불법에 대한 얘기가 주였다.

'지.겹.다!'

엽자건은 두 사람의 옆에 얌전히 쭈그려 앉아 틈만 주면 마구 비집고 튀어나오려는 하품을 힘겹게 방어하고 있었다. 대화에 끼어들지 못한 채 침묵을 지키고 있으려니, 전신의 용골에서 쉿소리가 튀어나올 것만 같았다.

그래도 줄기차게 참았다. 그러자 드디어 대화의 주제가 불법의 도리에서 살짝 벗어났다. 불목하니 노인이 도심에게 은근한 표정으로 말했다.

"본래 도심 대사는 진실로 훌륭히 불법의 길을 걷는 승려시외다, 다른 소림사의 승려들과는 달리. 하여 빈승이 전날 가르침을 청하기 위해 한 권의 불경에 주석을 몇 줄 보탰는데, 오랫동안 소식이 없더구려?"

"불경에 주석을 보태셨다고요?"

"그렇소이다. 해동에서 온 귀한 불경인 천수경언해의 주석이 불완전한 걸 발견하고 빈승이 무례를 범했소이다."

"아!"

도심이 탄성을 터뜨렸다. 얼굴에 흠모의 기색이 완연한 게 불목하니 노인을 마치 삼 년 전 입적한 전대 초조암주를 대하는 듯하다.

'천수경언해?'

엽자건 역시 정신이 확 드는 느낌이었다. 해동에서 왔다는 천수경언해야말로 그가 소림사에 들어온 후 가장 많이 접한 불경이었기 때문이다.

그때 도심이 애석함이 잔뜩 묻어 있는 표정으로 말했다.

"그렇지 않아도 소승 역시 천수경언해의 해석과 주석이 온전치 못한 점을 걱정하고 있었습니다. 그래서 수차례에 걸쳐 장경각에 들렀으나 기묘하게도 찾을 길이 없었습니다. 아! 그러고 보니 엽 사제가 전날 장경각을 청소하던 중 천수경언해를 본 적이 있다고 했었는데……."

엽자건이 얼른 입가의 침을 닦고 나섰다.

"도심 사형, 천수경언해는 제가 갖고 있습니다!"

"엽 사제가? 하지만 사제는 그날 이후 포달랍궁의 손님들 때문에 장경각에 가지 못했었지 않은가?"

"사실 전날 사형에게 들은 말이 떠올라서 불경 공부를 할 겸 장경각에서 가지고 나왔습니다. 그 후엔 꽤나 많은 일들이 터지는 바람에 사형에게 전해 드리지 못했고요."

"과연 엽 사제이로군! 진실로 불경 공부에 매진하고 있었음이야!"

'꼭 그런 건 아닌데…….'

도심의 칭찬에 살짝 마음의 부담을 느낀 엽자건이 입가에 어색한 미소를 지어 보였다.

차라리 치열한 전장을 굴러 다니는 게 낫다. 도심같이 세상의 때가 묻지 않고 착한 사람에게 원치 않는 것에 대한 기대를 잔뜩 받는 것보다는.

그때 엽자건을 찬찬히 살피던 불목하니 노인이 문득 생뚱맞은 말을 내뱉었다. 불경에 나오는 우화 중 한 대목이었다.

"선남자여, 너는 부지런히 정진하여 두 가지 법을 닦을지니, 하나는 사마타요, 다른 하나는 비파사나니라. 선남자여, 만일 비구가 수다원과 사다함과 아나함과 아라한과를 얻으려면 이 두 법을 부지런히 닦아야 하느니라. 선남자여, 만일 비구가 사선정, 사무량심, 육신통, 팔배사, 육승처, 무쟁지, 정지, 필경지, 사무애지, 금강삼매, 진지, 무생지를 얻으려 하여도 이 두 법을 닦아야 하느니라."

'이게 무슨 귀신 씻나락 까먹는 소리냐? 아니, 가만, 이건 설마 그런 건가…….'

엽자건이 내심 황당해하다 갑자기 눈을 빛냈다. 문득 뇌리를 스쳐 간 생각 때문이다.

"선남자여, 만일 십주지(十住地), 무생법인, 무상법인, 불가사의법인, 성행, 법행, 천행, 보살행, 허공삼매, 지인삼매(智印三昧), 공무상무작삼매, 지삼매(地三昧), 불퇴삼매, 수능엄삼매, 금강삼매, 아뇩다라삼먁삼보리 불행(佛行)을 얻으려 하여도 이 두 법을 닦아야 하느니라… 이건 천수경언해에 써 있던 말이지요?"

도심이 얼른 말했다.

"엽 사제, 아닐세. 대사님과 사제가 외운 건 천수경언해가 아니라 열반경(涅槃經)이라네."

"열반경이요?"

"그렇다네."

"하지만 분명히 저는 이걸 천수경언해에서 봤는데요?"

"그런 일이……."

도심이 눈살을 찌푸려 보이곤 시선을 불목하니 노인에게 던졌다. 그밖엔 이같이 황당한 상황에 대한 설명을 해줄 수 있는 사람이 없다고 여긴 거다.

불목하니 노인이 입가에 부드러운 미소를 매달았다.

"사마타는 멈춘다[止]는 뜻이외다. 마음을 잘 다스려 고요히 가라앉아 흔들리지 않으며 항상 평정심을 잃지 않는 상태라고 할 수 있겠소이다. 세상에서 말하는 삼매(三昧)의 상태인 게지요. 그리고 비파사나는 지켜본다[觀]는 뜻이니, 사마타의 상태에서 고요히 지켜보는 것이 되는 거라오. 하나 이건 어디까지나 말장난. 사마타, 비파사나가 단순히 고요히 멈추고, 깊이 관(觀)하는 것이라고 사람들은 생각하고 있으나 여기에 구체적으로 밝히지 않은 수행의 단계가 있소이다."

"호흡이요?"

"그렇소이다. 본래 호흡을 중심으로 수행하는 것이 사마타라오. 기초 단계에서는 호흡을 단전까지 끌어내리는 것이고,

심화 단계에서는 호흡이 멈추는 단계에까지 가야 하외다. 그러니 호흡이 멈춘다 함은 영원히 호흡이 멈춤이 아니라 호흡이 정지한 것과 같은 경지에 들어간다는 말이외다. 또한 호흡이 멈추는 단계가 되면 모든 육근이 멈추게 된다오."

'이건 역근경? 아니야! 그것하곤 좀 다른데……'

엽자건의 눈빛이 깊어졌다.

그는 비로소 천수경언해인지 열반경인지 모를 불경을 불목하니 노인이 암송한 게 보통 일이 아니라는 걸 깨달았다. 그 뒤의 세심한 해설에 잔뜩 정신을 집중하게 된 건 두말하면 잔소리일 터였다.

"그리하여 이러한 상태에서 사마디(삼매)가 나타나는데, 이 역시 단순히 호흡이 멈추는 단계에서 나타나는 것이 아니라오. 사리자(舍利子)인 진리의 씨앗(선천원기)이 단전(丹田)에서 태어나야 가능한 것이며, 그러하기 위해서는 관(觀)이 필요하게 되는 것이외다."

"그럼 이러한 관(觀)은 사마타와 별도로 존재하는 것이 아니라 그걸로 단전을 보는 거니, 즉 비파사나가 되는 겁니까?"

"바로 그렇소이다. 이러한 단전에 선천원기, 즉 부처의 성품이 관(觀)을 통하여 나타날 때 비로소 사마타[止], 비파사나[觀]를 함께 닦을 수 있는 것이라오. 그리고 이것에 대한 구체적인 내용과 방법은 이미 세수경에서 밝혀진 바 있소이다."

'세수경!'

엽자건이 홀린 듯 불목하니 노인과 문답을 나눈 후 크게 놀란 표정으로 벌떡 자리를 박차고 일어섰다.

그가 소림사에 온 목적 중 하나!

역근경을 뛰어넘는다고 알려진 세수경을 얻어서 언제 폭발할지 모르는 칠종진기의 위협으로부터 벗어나는 것이었다. 그 외엔 단전으로부터 기경팔맥까지를 장악하고 있는 칠종진기와 역근내경 간의 대결을 종식시킬 방도가 없었기 때문이다.

"불목하니 어르신, 설마 천수경언해의 주석에 세수경을 적어두신 겁니까?"

"얻은 것이 있었는가?"

"예? 아! 물론 얻은 게 있긴 한데요……."

"인연이로다! 빈승은 본래 도심 대사의 건강을 염려해 주석을 남겼으나 그걸 얻은 건 불법의 힘을 믿지 않는 천살지기와 도화살을 함께 겸비한 시주로구나!"

'귀신!'

또다시 불목하니 노인에게 감탄한 엽자건이 갑자기 그의 앞에 바짝 엎드려 말했다.

"불목하니 어르신, 부디 제 사부님을 세수경의 내력으로 구해주십시오!"

"시주의 사부라면 보종 대사를 말하는 것인가?"

"예!"

"그럼 어찌 남의 손을 빌리려 하는 것인가? 이미 사람의 목숨을 구할 수도 있고 죽일 수도 있는 무쌍의 힘을 몸속에 간직하고서."

"예?"

엽자건이 반문과 함께 바닥을 향하고 있던 고개를 치켜올렸다. 불목하니 노인이 한 말의 의미를 잠시 이해할 수 없었기 때문이다.

그러나 어느새 불목하니 노인은 사라져 흔적조차 찾을 길이 없었다. 나타났을 때와 마찬가지로 신출귀몰(神出鬼沒)이란 말로밖엔 설명할 수 없는 퇴장이었다.

'망할!'

엽자건이 얼른 초조암 밖으로 뛰쳐나갔다. 이대로 불목하니 노인을 놓칠 수는 없다는 판단이었다. 한동안 장경각의 그림자조차 구경하지 못할 처지임을 알고 있는 까닭이었다.

헛된 노력이었다.

전날과 마찬가지로 엽자건은 불목하니 노인의 그림자조차 발견하지 못하고 초조암으로 돌아왔다. 상대는 철옹성이라 해도 과언이 아닌 소림사 경내를 제멋대로 돌아다니는 괴물 중의 괴물인 거다.

'그래! 천수경언해다! 천수경언해에 세수경의 묘결이 깃든 열반경이 주석으로 적혀져 있는 걸 알았으니, 오늘 나는 크게 이득을 본 장사를 한 거다! 분명 그래!'

엽자건이 내심 눈을 빛내며 중얼거렸다.

불목하니 노인이 한 마지막 말!

일단 깊이 생각할 것 없이 있는 그대로 받아들이기로 했다.

주(註)

*열반경:대반열반경(大般涅槃經)이라고 부르는 경우와 소반열반경 또는 열반경이라고 부르는 두 가지 경전이 있다. 열반경은 부처님이 쿠시나가라의 사라쌍수 아래서 열반하는 일련의 과정을 기록해 놓은 것이다. 그러나 대반열반경은 부처님의 입멸과 그 입멸의 의미에 관해서도 상세히 설명해 주고 있다. 대반열반경의 줄거리는 부처님이 쿠시나가라의 아지타바티라는 강변의 사라쌍수 나무 밑에서 열반에 들면서 말한 최후의 법문이다. 인도력으로 2월 보름날이 부처님의 입멸일이라고 하는데, 그날 하루 낮밤 동안에 설한 것을 상세하게 편집한 것이다.

第二十四章
벌모세수(伐毛洗髓)

少林棍王

소림곤왕

청화장.

새벽녘에 내린 눈 위를 산책하던 냉고성이 걸음을 멈추고 눈살을 찌푸려 보였다.

'늦여름에 장성을 넘어왔거늘 눈발이 날리는 계절이 되도록 떠나지 못하게 될 줄이야! 도대체 대법대불왕과 포달랍궁의 라마들은 무얼 하느라 소림사에 오지 않고 있는 건가?'

냉고성이 서 있던 자리에 일순 균열이 일었다.

심중의 분노로 인해 심살기가 밖으로 표출되었다. 얕게 바닥에 깔려 있는 눈 위에 발자국 하나 내지 않던 답설무흔(踏雪無痕)의 상태가 깨져 버렸음은 물론이다.

그의 이 같은 분노.

결코 과한 것이 아니다.

감요진과 약속한 두 달은 이미 지난 지 오래였다. 벌써 대법대불왕이 탄 황금대불마차가 포달랍궁의 정예와 함께 소림사에 도착하고도 남았어야 한다는 뜻이다.

—천하불류일통!

대법대불왕은 설마 서장을 떠나며 위풍당당하게 선포했던 목표를 포기한 것일까?

냉고성은 내심 고개를 가로저었다.

그가 아는 대법대불왕은 자존심이 하늘을 찌르는 인물이었다.

서장의 살아 있는 신!

자신이 위풍도 당당하게 내뱉은 말을 중간에 쉽사리 바꿀 수 있을 리 만무하다.

'그렇다면 필시 중간에 피치 못할 문제가 발생했다는 것인데…… . 설마 중원무림의 세력들이 연합하여 황금대불마차를 막아서기라도 했다는 말인가?

냉고성은 다시 고개를 가로저었다.

더욱 말이 안 된다.

천 년이란 상징적인 숫자로 일컬어지는 중원 무림사에 외세의 침범은 무수히 많았다. 당장 이백여 년 전 몽고족의 침범으로 대원제국이 성립되기도 했었다.

하지만 당시에도 중원무림은 사분오열(四分五裂)된 채 한데 힘을 합하지 않았다.

육백 년 전 영원한 마도의 우상인 절대마조가 세운 마교에 의해 잔혹하게 짓밟힌 역사의 후유증이 원인이다. 결코 그 같은 일을 되풀이할 수 없다는 경계심과 또다른 절대마조가 등장할 수도 있다는 두려움 때문이었다.

그래서 육백 년내.

중원무림에는 천하제일인, 혹은 천하제일의 무인은 존재했으나 천하제일의 세력이나 천하일통 같은 문구는 존재치 않았다. 거기에 도전한 인물이나 세력들이 없었던 건 아니나 항상 성공 직전에 기이할 정도로 어이없이 무너지곤 했다.

의지.

어떤 보이지 않는 존재의 강력한 의지를 의심케 하는 대목이다.

물론 냉고성이 이 정도까지 사유의 폭을 넓힌 건 아니었다.

그는 복잡하고 초조한 심경을 애꿎은 눈밭에 화풀이한 후 천천히 신형을 돌려세웠다. 슬슬 보경이 돌아와서 보름간 소림사에서 벌어진 일에 대해 보고할 시간이 된 까닭이었다.

보경은 혼자 돌아오지 않았다.

놀랍게도 동행을 달고서 청화장에 왔다. 칠마의 한 명인 음혼마군 두진양이었다.

과거완 달리 핼쑥해진 안색.

볼살이 쑥 빠지고 몸매 역시 호리호리해졌다.

'역시 전날의 부상(?) 후유증에서 아직 벗어나지 못했나 보군. 하긴 녀석의 음혼채화진기와 음혼무형장은 모두 계집의 정(精)을 취해서 강력한 위력을 유지했던 것일 테니까…….'

냉고성이 보경을 한차례 눈으로 살핀 후 과거와 인상 자체가 상당히 바뀐 두진양을 보며 내심 입술꼬리를 치켜올렸다. 그와 별다른 은원 관계가 있는 건 아니나 천하에서 자신과 비견되는 초절정고수 하나가 사라졌다는 점이 기분 좋았다.

그런 냉고성의 눈치를 슬슬 살피고 있던 보경이 고개를 주억인 채 말했다.

"두 대인과는 구면이라고 하시던데……."

"그리 친한 사이는 아니라네."

단칼에 보경의 말을 자른 냉고성이 다시 차갑게 가라앉은 시선을 두진양에게 던졌다.

"어찌 된 일이지? 설마 내 안부가 궁금해서 불원천리 찾아온 건 아닐 테고?"

"황천기주님의 명령을 받아 왔을 뿐이네."

"화, 황천기주님의 명령?"

“그래.”

무심한 대답과 함께 두진양이 신색을 일신했다. 여태까지의 창백하고 기력을 잃은 낯빛을 압도할 만큼 강렬한 신광을 눈에서 뿜어낸 거다.

‘헉! 이, 이놈이 무형지기를……’

냉고성의 두 눈이 특유의 뱀눈의 형상을 만들어냈다. 두진양이 이미 전날의 부상에서 완전히 회복되었을뿐더러 더욱 강한 무력을 가지게 되었음을 눈치챈 까닭이었다.

그때 두진양이 품속에서 누런 황색의 서찰을 꺼내 들었다.

황천기주의 문양이 여실한 명령서!

냉고성이 한눈에 그 같은 사실을 알아보곤 얼른 바닥에 얼굴을 박았다.

황제의 칙서를 받드는 관원과 다름없는 태도다.

두진양이 여전한 표정으로 명령서를 펼쳐 읽어 내려갔다.

“소림사의 세수경 탈취가 실패했다는 소식은 들었다. 십수 년간 공을 들였던 일이 실패로 돌아갔으니 내 마음이 매우 애닲구나! 그러나 북원(北元)의 적통을 자처하는 타타르(몽고족의 한 갈래)와 줄이 닿아 있는 포달랍궁의 대법대불왕을 끌어들이겠다는 의도는 나쁘지 않았다. 그자만 끌어들일 수 있다면 근래 교착 상태에 빠져 있는 타타르와의 싸움에서 아주 유리한 고지를 차지할 수도 있을 터인즉……”

‘과연 황천기주! 중원에 풀어놓은 세작과 간세들을 이용해 내 일거수일투족을 모조리 감시하고 있었구나! 어쩌면 저 의뭉스런 보경 녀석이…….’

냉고성이 등줄기에서 식은땀이 솟아나는 걸 느끼며 보경에게 차가운 시선을 던졌다.

“…하지만 본래 대법대불왕은 너구리 같은 자! 놀랍게도 얼마 전 곤왕 유대유와 만난 후 소림사행을 포기했다. 아마 둘 사이에 모종의 협약이 맺어졌음이 분명할 터이니, 앞으론 전권을 음혼마군 두진양에게 넘기고 그의 명을 따르도록 하라!”

“……”

묵묵히 명령서를 끝까지 읽은 두진양이 여전히 압도적인 신광이 깃든 시선을 냉고성에게 던졌다. 뒤이어 흘러나오는 목소리에는 전날과는 다른 음험함이 깃들어 있다.

“냉고성, 네게 황천기주님의 명령에 거부할 권한을 주겠다. 물론 그러진 못할 테지만.”

“그게 무슨 뜻이지?”

“이런 뜻이다.”

두진양의 말이 끝난 것과 동시였다. 갑자기 청화장 이곳저곳에서 섬뜩한 살기가 불쑥불쑥 튀어나왔다. 황천기주는 두진양을 홀로 보낸 것이 아니었던 거다.

냉고성이 이를 악문 채 말했다.

"살인멸구(殺人滅口)?"

"본래 그런 게 아니겠느냐? 네 명령을 받들던 황천살검대 십검대는 전멸했으니 말야."

"그럼 이곳에 온 건……."

"황천살검대 팔검대와 구검대의 육백 명 정도랄까?"

"소림사를 몰살이라도 시키려는 건가?"

"설마!"

어깨를 한차례 추어 보인 두진양이 신광이 담겨져 있던 눈에 음산한 기운을 담았다.

"내 목적은 냉염나찰 감요진이다."

"하! 대법대불왕을 애첩 하나로 협박을 하겠다고?"

"아는 게 없군?"

"내가 뭘 아는 게 없다는 거지?"

"냉염나찰 감요진은 본래 대법대불왕과 현천마녀 능여옥 사이에서 태어난 딸이다. 유일한 자식이지."

"그, 그게 사실이냐?"

"물론. 황천기주님께서 아주 많은 공을 들여서 알아낸 사실이다."

"……."

냉고성이 입을 굳게 다물었다. 감요진을 어떤 식으로든 보호해 줄 수 없게 되었음을 깨달았기 때문이다.

＊　　＊　　＊

사박! 사박!

눈밭이 된 산길을 전력으로 뛰어오른 까닭이리라!

철담협개 앞에 모습을 드러낸 이가흔의 가슴이 가볍게 들썩이고 있었다.

마음이 급하다.

그래도 일단은 숨부터 돌리고서 입을 떼어야겠다.

철담협개가 혀를 차며 고개를 가로저었다.

"무어가 그리 급하누? 내 항시 자신의 삼 푼가량은 여력으로 숨겨두라고 했거늘."

"…급한 일이거든요!"

"개처럼 무도한 황제가 죽기라도 했느냐?"

"그럴 리가 있겠어요? 만날 몸에 좋은 건 죄다 처먹으며 살 텐데요."

"그러냐?"

철담협개가 시무룩한 표정을 지어 보였다.

근래 중원의 변방은 시끄럽기가 이를 데 없었다. 만리장성 너머로 북원의 후예를 자처하는 타타르 족의 침습이 잦았고, 만주 일대에서는 금나라의 후예인 후금이 기세를 올리고 있었다.

또한 해안은 어떠한가!

　주산반도에 아예 본거지를 둔 해월왕의 해적들은 틈만 나면 바다와 인접한 절강성과 복건성 일대를 들쑤셨다.

　그들의 노략질이 오죽 심했으면 당대 제일의 무인이란 곤왕 유대유가 벌써 사 년이 넘도록 절강성을 떠나지 못하고 있겠는가.

　하지만 그런 외세의 극심한 침략에도 불구하고 북경(北京) 자금성(紫禁城)의 황제는 하루의 대부분을 음주가무와 쾌락만을 쫓으며 지냈다. 충신은 하루가 다르게 죽어나가고 권력을 손에 거머쥔 간신배들만이 득세하여 나라를 좀먹어 들어가고 있는 형편이었다.

　평소 그 같은 사정을 뻔히 알기에 무림인인 철담협개는 입만 열면 황제를 욕하기에 바빴다. 오지랖이 넓은 그답게 외세의 침략과 무능한 황제의 통치에 의해 나라가 기울어져 가는 모습을 지켜보는 게 괴롭기도 했으리라!

　호흡을 고른 이가흔이 말을 이었다.

　"황금대불마차가 방향을 바꿨다고 합니다."

　"어디로?"

　"아마 서장 쪽인 것 같습니다. 여태까지 왔던 길을 되짚어서 돌아가는 걸 보면."

　"이유는?"

　"섬서성과 하남성의 경계인 서협 부근에서 큰 싸움이 있었다고 합니다. 아직 정확한 이유는 밝혀지지 않았습니다만 황금대불마차와 함께하던 포달랍궁의 정예 중 상당수가 당시 목숨을 잃은 것 같습니다. 그리고 당시 목숨을 잃은 자들 중에는 놀랍게도 홍의마불 역시 포함되어 있었던 것으로 최근에 밝혀졌습니다."

"홍의마불이 죽었다고!"

이가흔의 보고에 여태까지 그리 큰 반응을 보이지 않고 있던 철담협개의 목소리가 커졌다. 두 눈 역시 화등잔만 하게 변한 게 얼마나 크게 놀랐는지 알 수 있을 것 같다.

이가흔이 고개를 끄덕여 보였다.

"당시 죽임을 당한 포달랍궁의 인물들은 모두 전통적인 라마교의 풍습대로 장례가 치러졌는데, 대부분 조장(鳥葬)이 아니라 선 채로 땅속에 파묻혔다고 합니다."

"라마교에서 배신자들이나 배교자들을 장례할 때 그런 방식을 취한다고 하는데……. 설마 그중 홍의마불이 속해 있었던 것이더냐?"

"예, 게다가 사지가 절단되고 얼굴이 산산조각 나 있었다고 하더군요. 만약 부장품과 신체 특징, 후일 황금대불마차에 남은 주요 인원에 대한 면밀한 검토가 없었다면 그가 홍의마불이란 점을 확신하진 못했을 거라고 했습니다."

"그… 렇구만."

철담협개가 고개를 끄덕이며 인상을 크게 찡그려 보였다.

홍의마불!

포달랍궁의 팔대라마의 수장이며 새외칠마의 우두머리라 알려진 마도와 변황무림의 거물이다. 포달랍궁에서도 대법 대불왕을 제외한 제일의 인물이라 할 만했다.

그런 자가 조장조차 당하지 못했다는 건?

'이 노개의 예상을 뛰어넘는 일이 빠르게 진행되고 있다는 뜻일 터! 계속 소림사에 눌러붙어만 있을 순 없겠구나!'

그때 내심 상념에 빠져든 철담협개를 살피며 이가흔이 조심스레 말했다.

"방주님, 그리고 한 가지 더 보고할 게 남았습니다."

"또 있어?"

"예, 이것도 중요한 겁니다. 요 며칠 등봉현 주변에 수상한 움직임이 잔뜩 포착되었습니다."

"수상한 움직임?"

"계속 감시하고 있던 청화장으로 수백 명이 족히 넘는 무인들이 집결했습니다. 뭐, 상인이나 공인(工人), 날품팔이 등으로 변복을 하긴 했지만 대부분 무학을 익히고 병장기를 짐속에 숨기고 있더군요."

"설마 또 소림사를 치려고?"

"그건 확실치 않지만… 일단 가장 날래고 솜씨 좋은 녀석들을 뽑아서 청화장을 감시하라고 명령했습니다."

"잘했다!"

평상시와 달리 치하의 말과 함께 손을 내밀어 이가혼의 어깨를 토닥여 준 철담협개가 안색을 근엄하게 굳혔다. 자칫 소림사에서 또 한차례 피비린내 나는 혈전을 벌여야 할지도 모른다는 생각이 든 까닭이었다.

*　　　*　　　*

방장실.

오랜만에 마주 보고 앉은 두 사제 간.

종아 선사와 종경은 한동안 뜨뜻미지근한 찻물을 마시며 시간을 보내고 있었다.

문득 멀리서 새벽 예불이 끝났음을 알리는 타종성이 울려퍼졌다.

데엥! 데엥! 데엥!

마음속 깊숙한 곳까지를 개운하게 만들어주는 듯한 종소리에 잠시 귀기울이고 있던 종아 선사의 입가에 한숨이 매달렸다.

"허어! 어찌 항상 종경 사제에겐 곤란한 부탁만 하게 되는 것인지……."

"어려워 마시고 말씀하시지요."

"그래도 되겠는가?"

"물론입니다."

선선한 대답과 달리 종경의 입가엔 가벼운 이지러짐이 보였다. 항상 느끼는 바지만 종아 선사는 정말 사람이 뻔뻔하다. 낯빛 한 번 바꾸지 않고 항상 어려운 부탁을 늘어놓는다.

과연 언제 한숨을 내쉬었냐는 듯 미소까지 매단 채 종아 선사가 말했다.

"이틀 전 본 사의 대웅보전으로 화살 하나가 날아들었다네."

"서신이 매달려 있었습니까?"

"사제가 바로 보았네."

대답과 함께 종아 선사가 품에서 서신을 꺼내 대뜸 종경에게 내췄다. 읽어보길 종용하는 거다.

'군문에서 주로 쓰이는 서신!'

종경이 눈에 이채를 담은 채 서신을 받아서 펼쳐 봤다.

이미 마음먹은 터.

행동에 전혀 망설임이 없다.

그런데 서신의 내용을 상세히 읽어 내려가던 종경의 미간 사이에 깊은 골이 패었다. 어째서 종아 선사가 자신을 불러들여서 아끼던 용정차까지 내놨는지 알 것 같았다.

"이건… 곤란하게 되었군요."

"그렇다네. 아주 곤란하게 되었어. 황금대불마차가 서장으로 방향을 바꾼 건 물론 고마운 일이네만, 하필이면 포달랍궁의 제자들을 인도하길 바라는 자들이 있을 줄이야!"

“장문 사형, 소림과 포달랍궁 간에 분쟁이 있었긴 하나 같은 뿌리에서 나온 불문의 동도라 할 수 있습니다. 게다가 이미 황금대불마차가 수중의 칼을 내려놓았으니…….”

“전날 본 사를 쳤던 자들의 두 배나 되는 자들이 숭산 앞에 집결했다고 하더군. 만약 요구를 들어주지 않는다면 본 사로 쳐들어올지도 모르네. 그러면 본 사는 그야말로 피바다가 될 터이니, 쉽사리 결정할 수는 없는 일일 것일세.”

“물론입니다. 하지만 장문 사형, 저는 오히려 잘된 일이라 생각합니다.”

“뭐가 잘된 일이란 건가?”

“이번 기회에 본 사에서 혈겁을 저지른 악도들의 배후와 배신자들을 색출해 낼 수 있기 때문입니다.”

“…….”

종아 선사의 얼굴이 질렸다는 기색이 스쳐 갔다.

전날 곤왕 유대유를 따라나섰던 종경과 보종.

소림사 제일의 기재라 할 만하던 두 명의 무골은 수년 후 피비린내를 잔뜩 머금은 채 돌아왔다. 더 이상 불문의 제자라 할 수 없는 죄악을 잔뜩 덮어썼음은 물론이었다.

그럼에도 불구하고 종아 선사는 막내 사제인 종경에 대한 기대를 꺾지 않고 있었다. 보종에 비해 덜 거칠고 말귀를 알아듣는 편이니, 세월이 조금 지나면 계도가 될 것이라 여겼었다.

'내 착각이었던가! 진정 종경 사제를 다시 불도의 조화롭고 평화로운 세계로 돌아오게 할 방도란 없단 말인가!'

내심 한탄한 종아 선사가 잠시의 침묵 끝에 입을 열었다. 이미 종경에 대한 기대를 마음 한켠에 접어둔 채였다.

"어떠한 경우든 내가 장문의 대임을 맡고 있는 한 다시 본 사에 피비린내가 진동케 할 순 없네. 또한 포달랍궁의 제자들을 불의한 협박에 굴복해 내줄 수도 없고 말일세. 해서 나는 오늘 밤이 가기 전에 포달랍궁의 제자들이 본 사를 빠져나가게 했으면 하네."

"장문 사형, 그건……."

"더 이상 말하지 말게나! 이건 녹옥불장(綠玉佛杖)으로 내린 명령일세!"

녹옥불장!

바로 소림사의 장문영부이다. 어찌 소림사의 제자로서 그 존엄함에 감히 대항할 수 있겠는가!

종경이 종아 선사가 빼 든 녹옥불장을 보고 얼른 고개를 숙여 보였다. 이번엔 종아 선사가 무척 강하게 나온다고 느꼈다. 반항할 여지조차 주지 않는 것이다.

그런 종경을 우울한 표정으로 바라보던 종아 선사가 슬며시 화제를 바꿨다.

"보종이 혼수상태에서 벗어났다네."

"그게 정말입니까?"

종경이 기쁜 표정으로 고개를 치켜들자 종아 선사가 고개를 끄덕여 보였다.

"아직은 하루에 두 시진이 한계라네. 무공도 모두 잃어버렸고 말일세."

"무아 사숙님조차 생사를 장담치 못했던 보종입니다. 혼수 상태에서 깨어난 것만 해도 장문 사형의 고생이 어떠했는지를 짐작할 수 있는 일일 겁니다."

"그래, 내가 고생이야 했지. 하지만……."

종아 선사는 자신 역시 '어떻게 보종이 정신을 차렸는지 짐작조차 할 수 없다'는 뒷말을 흐렸다. 종경이 겸양을 부리는 거라 오해할 것을 걱정한 까닭이다.

'어찌 됐든 이것으로 걱정 한 가지를 덜게 되었구나! 혹여 종경이 나한당의 제자들과 함께 포달랍궁의 제자들을 호위라도 한다고 할까 봐 걱정했거늘!'

당장 보종에게 달려가고 싶어 엉덩이를 들썩이고 있는 종경의 모습을 살피며 종아 선사가 내심 안도의 한숨을 내쉬었다.

정체 모를 거대 무력 집단이 소림사를 노리고 있는 이때에 종경과 나한당의 전력을 제어하지 못한다는 건 끔찍한 일이었다. 특히 요즘처럼 무림을 비롯한 천하가 크게 뒤흔들리고 있을 때는 더더욱 그러했다.

*　　　*　　　*

감요진과 재회한 후 두 달이 빠르게 지나갔다.

언제나와 마찬가지로 새벽 예불이 끝나자마자 나무를 하러 소림사를 벗어난 엽자건의 두 눈에 은은한 금빛 광채가 어렸다 곧 자취를 감췄다.

신광?

조금 다르다.

무공이 절정지경을 뛰어넘은 고수들이 발하는 신광처럼 주변을 압도하기보다 부드럽게 녹아드는 느낌의 눈빛이었다. 그나마도 곧 봄햇살에 눈 녹듯 흔적을 남기지 않고 사라졌다.

'이미 사람의 목숨을 구할 수도 있고 죽일 수도 있는 무쌍의 힘을 몸속에 간직하고서라……'

초조암을 떠나기 전 불목하니 노인이 남긴 마지막 말.

생뚱맞고 이해하기 힘들었다.

하지만 근래 천수경언해의 내용과 덧붙여진 주석을 통째로 외운 엽자건은 서서히 그 의미를 깨달아가고 있었다.

세수경!

이미 익히고 있던 역근경과 어우러진 이 절세의 공부는 천하의 어떤 신공절학과도 궤를 달리한다. 무공의 기본이 되는 내공이나 외공이 아니라 심공(心功)에 속하는 공부인 까닭이었다.

그래서 세수경을 완성하기 위해선 고승대덕과 같은 마음의 깨달음이 있어야만 했다. 마음의 크기와 깨달음의 깊이에 따라 평생 아무런 성취도 없거나 불시에 거의 무한대에 가까운 기운을 얻기도 한다는 뜻이다.

엽자건의 몸속에 깃들어 있는 칠종진기와 역근내경.

그 여덟 가지 이종의 진기가 한날한시에 싸움을 멈추고 사이 좋은 이웃들처럼 협력과 조화 속에 지내게 만드는 일 같은 것 말이다.

'후후, 귀여운 것들! 잠시 조는 동안 열심히 힘을 합쳐서 내 몸속의 세맥들을 열심히 뚫어줬구나! 이번엔 수궐음심포경 쪽이었던가 보지? 그쪽 진기의 소통이 크게 원활한 것이 무척 개운하구나!'

수궐음심포경.

천지(天池)에서 시작해 천천(天泉)을 거처 영궁(營宮)으로 이어지는 기혈의 유통 경로를 뜻한다.

새벽 예불 시간 동안 놀랍게도 역근내경과 칠종진기가 힘을 합해 수궐음심포경 쪽에 커다란 기의 길을 뚫고, 부근에 자리 잡은 세맥들을 모조리 타통시킨 것이다. 지난 두 달간 다른 세맥들과 기혈의 유통 경로를 깨끗하게 뚫어놓은 것처럼 말이다.

벌모세수(伐毛洗髓)!

어느 누구의 도움도 받지 않은 채 엽자건의 몸에서 진행되고 있었다. 불목하니 노인이 말한 것처럼 사람의 목숨을 구할 수도 있고 죽일 수도 있는 무쌍의 힘에 의해서.

씽긋.

입가에 미소를 매단 엽자건이 등에 짊어진 지게를 한차례 추어 올렸다. 아침 공양 전에 하루치의 나무를 몽땅 해서 돌아가려면 조금 부지런히 몸을 움직일 필요가 있었다.

지객당.

나무를 한 짐 가득 해서 돌아온 엽자건을 감요진이 어느 때와 다름없는 표정으로 맞았다.

바람에 흔들리는 면사.

이젠 완연한 겨울이라 추워진 날씨임에도 그녀가 걸치고 있는 황금 가사의 두께는 아무런 변화가 없다. 설마 이렇게 오랫동안 소림사 경내에 머물게 될 줄은 몰랐기에 겨울철 옷가지를 챙기지 못한 까닭이었다.

'추워 보이잖아……'

엽자건이 감요진의 가냘픈 몸매를 눈으로 살핀 후 콧잔등을 한차례 찡그려 보였다.

"내가 솜옷을 몇 개 가지고 오겠소."

"걱정해 주는 건가요?"

"그렇게 진심으로 기뻐할 필요는 없고."

"항상 날 만나면 눈도 마주치지 않고 한사코 곁을 떠나려
고 했었잖아요. 요 근래 계속."

"그거야……."

엽자건은 혹시라도 세수경 수련에 방해가 될 것 같아서란
뒷말을 꿀꺽 삼켰다. 자신이 그만큼 감요진을 의식하고 있다
는 걸 자인하는 꼴이 될 것이 두려웠기 때문이다.

감요진의 황금 면사가 나풀거렸다.

웃고 있음이다.

'또 저 미소라니! 정말 면사로 얼굴을 가리고 있는 게 다행
이잖아!'

엽자건이 내심 심통스런 표정을 지어 보였다.

세수경 수련의 결과로 그의 안력은 근래 놀랍도록 좋아졌
다. 두터운 황금 면사 속에 숨겨진 감요진의 매력적인 미소를
한눈에 알아볼 수 있을 정도였다.

그러나 좋아진 건 안력만이 아니다.

처음 재회했을 때와 같은 격렬한 감정의 파랑을 엽자건은
어느새 뛰어넘고 있었다. 여전히 감요진에게 마음이 쓰였으
나 이미 예전의 격정과는 다르다. 소년의 흔들림은 더 이상
보이지 않게 되었다는 뜻이다.

엽자건이 천천히 고개를 끄덕여 보였다.

"뭐, 그럼 나는 솜옷을 가지러 가보겠소. 정오가 되기 전까
진 추울 테니까 적당히 산책하시오."

"벌써 가려고요?"

"쌍룡 라마들이 저쪽에서 눈에 불을 켜고 있지 않소? 괜스레 또 시비를 당하고 싶진 않소."

"아아!"

감요진의 고운 눈에 아쉬움의 기색이 스쳐 갔다. 그러나 엽자건이 말한 대로였다. 어느새 저 멀리 쌍룡 우빌라와 부탄이 보였다. 엽자건을 죽일 듯 노려보면서.

'그래도 쌍룡 사형은 근래 충분할 정도로 내 체면을 봐주고 있으니 뭐라고 할 순 없겠지. 평소 그분들 성격이라면 이곳이 아무리 소림사라곤 해도 어떻게든 방도를 강구해서 자건을 괴롭히려 했을 테니까.'

착각이다.

감요진의 생각과는 달리 쌍룡은 소림사에 온 지 채 한 달도 되지 않아 엽자건에게 시비를 걸어왔다. 어떻게든 꼬투리를 잡아서 그를 두들겨 패고 음흉한 욕심까지 채우려 했다.

하지만 미수에 그쳤다.

두 사람 모두 그날 불가사의한 일을 만나서 정신을 잃어버렸다. 기억조차 나지 않았다. 머릿속에 커다란 공백이 생긴 채 물음표만 자리 잡게 되어버렸다.

초절정을 바라보는 무력의 고수.

그런 일을 아무렇지도 않게 넘길 순 없다.

특히 이곳이 소림사 경내라는 점이 더욱 그들을 신중하게
만들었다.

―소림사엔 뭔가 있다!

그 같은 결론을 잠정적으로 내린 쌍룡은 각자 다른 자가 움
직이길 기다리기로 마음먹었다.

적자생존의 율법!

포달랍궁 특유의 삶의 방식에 길들여진 두 사람은 은연중
서로를 맞수로 여기고 있었다. 이번 기회에 커다란 실패를 맛
보고 거꾸러지는 걸 지켜보고 싶다는 흑심 역시 없지 않았다.

그렇게 두 달이 지나갔다.

쌍룡 중 어느 누구도 먼저 엽자건을 건드리지 않았고, 소림
사 역시 조용했다. 마치 전날 벌어졌던 불가사의한 일이 마치
착각이기라도 했던 것처럼.

'오판이었다! 설마 부탄 녀석이 이 정도까지 금욕적인 삶
을 참아낼 수 있을 줄이야! 그것도 저렇게 먹음직한 녀석을
눈앞에 놔둔 채 말야!'

'싸움닭이나 다름없는 우빌라가 이렇게 오랫동안 움직이
지 않고 참을 줄이야! 갑자기 녀석이 불경에서 말하는 소 잡
던 칼을 내려놓고 부처가 된 것일까? 그나저나 저 야들야들한
녀석은 갈수록 팔딱거리고 있구나! 당장 한입에 꿀꺽 삼키고

싶을 정도로 말야!'

동상이몽(同床異夢).

쌍룡이 서로를 은연중 노려보며 생각에 잠겨 있을 무렵이었다. 엽자건이 멀어져 가는 모습을 아쉽게 바라본 감요진이 천천히 두 사람에게 다가왔다.

"두 분 사형께 제가 한 가지 부탁을 해야 할 것 같습니다."

우빌라의 적안이 번뜩였다. 주변을 의식해서인지 그의 입에서 서장어가 흘러나왔다.

"사부님께 소식이라도 온 것이냐?"

부탄의 눈빛도 차가운 기운을 발했다.

"벌써 이곳에 온 지 석 달. 사부님께서 본 궁의 정예와 함께 오시기엔 결코 부족한 시간이 아니다. 아니, 꽤나 늦어졌다고 봐야 옳을 것이야."

감요진이 역시 서장어로 답했다.

"두 분 사형의 말씀이 지극히 옳으십니다. 그래서 저는 두 분 사형께 어려운 부탁을 드리고자 하는 겁니다."

쌍룡이 동시에 말했다.

"말해봐라!"

"말해보거라!"

감요진이 정중하게 목례한 채 말했다.

"우빌라 사형께서는 청화장에 가서 냉고성 선배를 만나서 그의 의중을 떠보도록 하세요. 지난 며칠간 소식이 끊긴 게 아무래도 마음에 걸립니다."

우빌라가 선선히 응락했다.

"알겠다."

감요진이 다시 고개를 끄덕여 보이곤 부탄에게 시선을 던졌다.

"부탄 사형에게는 조금 더 어려운 부탁을 드리고자 합니다."

"사부님을 찾아가란 거겠지?"

"그렇습니다. 사형의 말씀대로 사부님과 본 궁의 주력이 도착해야 할 때가 훨씬 지났습니다. 이곳은 중원, 온통 적들투성이라 할 수 있으니 조심해서 나쁠 건 없다고 봅니다."

"하긴, 이렇게 일의 진행이 늦어졌는데도 사부님께서 미리 전갈을 주지 않으신 것도 이상하긴 하다. 내 곧바로 출발하도록 하마."

역시 선선한 부탄의 응낙에 감요진이 만면 가득 미소를 지어 보였다.

성격과 성적 취향.

각자 한 가지씩 심각한 문제를 가지고 있긴 하나 쌍룡은 수많은 사형제들 중 가장 믿음직한 사람들이었다. 대법대불왕이 감요진과 함께 그들을 먼저 소림사에 보낸 것만 봐도 알 수 있는 일이었다.

　잠시 후.
　감요진이 쌍룡을 떠나보내고 얼마 지나지 않았을 때였다.
지객당의 뒷방을 몽땅 뒤진 끝에 엽자건이 이십여 벌의 솜이
누벼진 승포를 짊어지고 모습을 드러냈다.
　"에구! 무겁다! 무거워!"
　엽자건이 홀로 서 있는 감요진을 발견하자마자 입에서 앓
는 소리를 내뱉었다.
　과연 엽자건이 짊어진 승포는 크기가 산더미 같다.
　꽤 무거워 보인다.
　그러나 감요진은 고산 지대에 위치한 포달랍궁에서 상당
기간 지낸 바 있는 여인이었다. 부피에 비해 솜의 무게가 그
리 무겁지 않다는 것쯤은 알고 있었다.
　"자건, 정말로 무거워 보이는군요. 물이라도 한 바가지 뿌
려줄까요?"
　"그건 사양하도록 하지."
　"사양하지 않아도 되는데……."
　"극구 사양하겠어!"
　엽자건이 손사래까지 과할 정도로 쳐 보인 후 눈에 이채를
담았다. 쌍룡이 사라진 걸 눈치챈 까닭이다.
　"일이 생긴 건가?"

"눈치 하나는 정말 귀신같군요. 쌍룡 사형들에겐 잠시 부탁을 드렸어요."

"꽤나 힘든 부탁이었으면 좋겠군. 영원히 소림사로 돌아오지 않는 종류로 말야."

"그러게요."

감요진이 엽자건의 말을 받으며 깔깔거렸다. 황금 면사가 당장에라도 벗겨질 듯 흔들린다.

엽자건 역시 웃었다.

항상 눈엣가시 같던 쌍룡이 주변에서 모습을 감추자 속이 다 후련했다. 앓던 이가 뽑힌 느낌이 이러할까 싶다.

그러나 두 사람의 오붓한 한때는 곧 끝이 났다.

근래 감요진 일행을 제외하곤 손님을 받지 않아서 한적하던 지객당에 한 무리의 승려들이 몰려왔다. 종경과 휘하의 나한승들이었다.

엽자건이 얼른 종경에게 달려가 허리를 숙여 보였다.

"엽자건, 종경 사숙조님을 뵈옵니다!"

"응?"

종경이 엽자건의 얼굴을 살피곤 눈에 이채를 발했다. 오랜만에 본 엽자건의 기태가 크게 달라졌음을 눈치챈 까닭이다.

'일일신 우일신이란 이 아이를 두고 하는 말이로구나! 어찌 몇 달 못 본 새에 기도를 속에 갈무리하는 경지에까지 이

르렀단 말인가? 툭하면 발산되던 천살의 기운 역시 크게 누그
러졌으니, 이제야말로 진정한 소림의 제자가 될 기틀이 마련
되었다고 할 수 있겠구나!'

내심의 찬탄!

아직은 이르다.

초절정을 뛰어넘어 절대의 경지를 가늠할 수 있을 정도의
종경이라 하나 근래 엽자건의 변화를 단숨에 간파할 순 없었
다. 본래부터 칠종진기와 역근내경의 대치로 인해 내공의 수
위를 쉽사리 짐작할 수 없는 몸 상태였기 때문이다.

종경이 입가에 부드러운 미소를 담았다.

"그동안 노력했구나! 불경 공부에 진전은 있더냐?"

"여전히 모르는 것투성입니다."

"모른다는 걸 아는 것만 해도 훌륭한 일이니라. 내 잠시 감
시주와 얘기할 것이 있으니, 너는 달마원에 가보도록 하거라!
보종이 의식을 되찾았구나."

"예."

엽자건이 대답과 함께 다시 정중하게 허리를 숙여 보였다.
그동안 그토록 애를 태웠던 사부 보종의 소식을 듣고도 얼굴
에 크게 놀란 빛이 없다.

'어쩌면 내가 잘못 생각했었는지도 모르겠구나! 불제자가
되기엔 천살지기와 도화살이 너무 심하다고 생각했는데, 이
렇게 금세 깨달음을 얻어서 명경지수(明鏡止水)와 같은 마음

을 유지하게 될 줄이야!'

종경이 다시 감탄했다.

역시 이른 감이 있었다, 엽자건의 진정한 내심을 아직 읽지 못했기에.

주(註)

*벌모세수:본래는 벌모(伐毛)—몸의 털을 깎고, 세수(洗髓)—골수를 씻어 주는 작업을 말한다. 무협의 세계관에선 뛰어난 고수가 자신의 내력과 갖가지 영약으로 갓 태어난 어린아이의 골수를 무학을 익히기 적합한 체질로 변화시켜 주는 작업으로 묘사된다. 소림곤왕 역시 마찬가지다.

第二十五章
보표무적(保鏢無敵)
第二十五章

少林
棍王
소림곤왕

달마원.

엽자건은 오랜만에 사부 보종과 마주앉아 있었다.

수척해진 얼굴.

몸 역시 앙상한 것이, 뼈밖에 남은 것이 없다. 가뜩이나 독
상으로 인해 근골이 상한 터에 오랜 병상 생활로 인해 제대로
된 먹거리조차 입에 대지 못했기 때문이다.

사실 보종이 지금 살아서 정신을 회복한 것만 해도 거의 기
적이라 할 수 있는 일이다. 그 한 명을 위해 무진 대선사와 종
아 선사를 비롯한 무수히 많은 소림사의 고승들이 진원지기
를 희생하길 마다치 않았다.

‘그래도 가장 큰 힘을 쓴 건 불목하니 어르신이다. 내게 세수경의 진의를 전수해 주시고, 그로 인해 몸속의 기운을 화합하게 만들지 못했다면 오늘과 같은 날은 오지 않았을 테니까.’

엽자건은 혼자서만 벌모세수를 한 게 아니었다.

얼떨결에 세수경을 얻은 후 도심에게 그 오의(奧義)를 전수하려 노력했고, 화합된 몸속의 기운을 토대로 사부 보종을 매일같이 치료했다.

병문안할 때뿐이 아니었다.

그는 매일같이 저녁 예불이 끝난 후 몰래 달마원을 찾아와 보종을 내력으로 치료했다. 불목하니 노인의 가르침을 확실하게 실천해 옮긴 것이다.

엽자건이 보종에게 웃어 보였다.

“전날보다 낯빛이 좋아지신 걸 보니, 밤새 철담협개 방주님께서 홍구육이라도 만들어다 주신 게 아닙니까?”

“홍구육은 무슨! 그 망할 노개 녀석, 여태까지 코빼기도 보이지 않았다!”

“바쁜 일이 있으신 거겠지요.”

“바쁘기야 항상 바쁜 인사지.”

보종이 선선히 인정한 후 엽자건에게 짐짓 엄한 기색으로 말했다.

“어째서 종경 사숙의 문하에 들어가지 않은 것이냐? 내 그

렇게 앞으로 오호란의 완성은 네게 맡기겠다고 신신당부를
했거늘."

"하늘에 태양이 하나이듯 저 엽자건의 사부님은 세상에 단
한 분뿐입니다."

"망할놈! 그리 말하면 내가 감격이라도 할 줄 알았더냐?"

"눈에 눈물 고이셨는데요?"

"무슨!"

버럭 소리지르면서도 보종이 얼른 앙상한 손을 들어 눈가
를 훔쳤다. 혹여 진짜로 눈물이 고였을까 봐 걱정이 된 거다.

엽자건이 여전히 웃음 띤 얼굴로 말했다.

"앞으로도 계속 밤에 사부님을 찾아뵙겠습니다. 이미 몸속
의 독소를 거진 다 몰아내었으니, 이젠 몸이 건강해지실 일만
남았습니다."

"그럴 것 없다."

"예?"

"네 말대로 이제 내 몸속에 남은 독소는 거의 다 사라졌으
니, 더 이상 내공을 허비할 필요가 없다는 뜻이다."

"하지만……."

"또 이제 나는 그만 쉬련다. 네가 놀랍게도 세수경을 얻었
으니, 부단한 수련과 실전을 거친다면 후일 반드시 오호란을
재현시킬 수 있지 않겠느냐?"

"…쉬시겠다고요?"

"그래. 네가 보기엔 이 사부가 그만한 자격이 없어 보이냐?"

"그런 것이 아니라……."

엽자건이 말끝을 흐렸다.

눈앞의 보종.

심한 바람이라도 불면 맥없이 쓰러질 것 같다. 그 정도로 앙상하고 힘이 없어 보인다. 과거 한 자루 마곤을 든 채 전장을 호령하던 기상은 어디에서도 찾아볼 수가 없다.

'하지만 현재 내 무공 수준으론 사부님의 몸을 여기서 더 낫게 만들 수 없다. 세수경을 진정으로 완성해 달마조사님과 같은 초인의 반열에 오른다면 혹 모르겠지만…….'

가능할 것인가?

엽자건은 포기할 수 없다고 여겼다.

애초부터 그런 생각 같은 건 해본 적도 없었다.

그런 엽자건을 짐짓 미소 띤 얼굴로 바라보던 보종이 은근슬쩍 화제를 바꿨다.

"자건아, 너 소림사에서의 생활이 즐거우냐?"

"뭐, 그냥저냥 지내고 있습니다."

"전장과 싸움터만 줄기차게 돌아다녔던 놈이 소림사같이 갑갑한 곳에 처박혀 있으려니 죽을 지경일 테지. 그러니 혹시 기회가 된다면 소림사를 떠나도록 하거라."

"싫습니다."

“왜? 이 사부가 네가 없는 동안 죽기라도 할까 봐?”

“예.”

솔직한 엽자건의 대답에 보종이 미소를 더욱 짙게 만든 채 호통쳤다.

“인석아, 이곳은 소림사다! 천하에서 이곳만큼 안전한 장소가 더 있을 거라 생각하는 것이냐?”

“그래도 싫습니다. 저는 계속 사부님 곁에 있을 겁니다.”

“너, 지금 어리광 부리냐?”

“어리광 아닌데요? 그리고 사부님한테 제자가 어리광 좀 부리면 또 어떻습니까?”

“에휴, 하여간 말로는 못 당한다니까……”

나직한 탄식과 함께 말끝을 흐린 보종이 미소를 지우고 짐짓 엄하게 말했다.

“어찌 됐든 너는 이미 소림사의 제자니라. 만약 명령이 내려오면 그에 반드시 따라야만 한다.”

“정당한 명령이라면 그리하겠습니다.”

“정당한 명령인지 아닌지는 어찌 아느냐?”

“제 마음이 말해주지 않겠습니까?”

“……”

엽자건이 한마디로 보종의 입을 닫게 만든 후 싱긋 웃어 보였다. 언뜻 드러난 치열이 희다.

방장실.

철담협개와 종아 선사는 다향을 즐기는 일 따윈 하지 않았다.

오랜 지기?

그런 것하곤 거리가 먼 두 사람이었다.

오히려 하남성에 근거지를 둔 거대 문파의 수장들답게 치열한 심기 싸움을 벌여온 반평생이라 할 수 있었다. 아무래도 서로간에 중요시하는 부분이 다르긴 했지만.

언제나와 마찬가지로 철담협개가 단도직입적으로 본론을 끄집어냈다.

"불성, 이번에도 소림사에선 침묵을 지킬 작정이시오? 청화장 부근에 집결한 자들은 분명히 후금의 무인들임이 분명할 터인데도!"

"개왕께서 그러시다니 그 말이 옳겠지요. 하지만 소림은 불도를 닦는 곳이외다. 비록 달마조사 이래 무공을 연마했다곤 하나 호신과 건강을 위한 것일 뿐, 어찌 함부로 살계를 열 수 있겠소이까?"

"니미럴! 그놈의 살계 타령은! 그래서 나한테 툭하면 이것저것 부탁하며 귀찮게 하는 건가?"

"그 점에 대해서 빈승은 항상 개왕께 고마움을 품고 있소이다. 이번에 질 좋은 용정차가 시주로 들어왔는데, 내 나중에 한 덩이 내드리도록 하겠소이다."

"에이, 퉤퉤퉤! 나는 평생 차 따윈 마시고 산 적이 없는 사람이야! 술이라면 모를까 차 같은 걸로 대충 넘기려 하다니, 정말 사람 못쓰겠구만!"

"그저 미안할 뿐이외다."

종아 선사.

그야말로 철벽이다.

자신이 원하는 걸 얻어낼 때를 제외하곤 쇠귀에 경 읽기처럼 남의 말을 절대 듣지 않는다. 고집으로 따지자면 천하에 둘도 없을 사람이었다.

철담협개가 그걸 모를 리 없다.

그는 언제 화를 냈냐는 듯 곧 표정을 진중하게 바꾼 채 말했다. 이번엔 협상이다.

"그럼 그 대법대불왕의 제자들을 이 노개한테 내주게나. 그럼 내가 개방 거지들과 함께 그 후금의 찌꺼기들을 쓸어버릴 테니까."

"그것도 곤란하외다."

"어째서?"

"이번 일에 관해선 전적으로 종경 사제에게 일임했기 때문이외다."

"종경 대사?"

"그렇소이다. 그러니 그냥 빈승과 함께 용정차나 마시도록 합시다. 차맛이 정말 좋소이다."

"차 싫다니까!"

철담협개가 버럭 소리를 지르면서도 자신 앞에 놓여진 다구를 들어서 입가에 가져갔다.

용정차.

매우 비싼 차다.

특히 소림사 장문 방장에게 시주된 거라면 상급 중에 최상급임이 분명할 터.

이렇게까지 권하는데 한 모금 마시지 않을 수 없다.

"에퉤퉤퉤! 쓰잖아!"

"……."

철담협개가 종아 선사가 무안할 정도로 소리를 질러댔다. 대화를 나누는 동안 차가 완전히 식어버린 것이다.

사부 보종으로부터 고단하단 말과 함께 달마원에서 쫓겨난 엽자건이 툴툴거리며 지객당으로 돌아왔다.

저 멀리.

감요진과 대화를 끝내고 지객당을 나서던 종경과 나한들의 모습이 보인다.

역시 엽자건을 발견한 종경이 손짓을 해 불렀다. 표정이 평상시와는 조금 다르다.

'감 소저와 무슨 얘기를 나눴기에…….'

엽자건이 빠른 걸음으로 종경에게 다가가 허리를 숙여 보였다. 문득 보종에게 들었던 얘기가 귓전을 맴돈다.

종경이 말했다.

"지난번에 내가 했던 말을 기억하느냐?"

"예."

"보종이 깨어났으니, 내 다시 묻겠다. 정말 날 따를 생각이
없느냐?"

"죄송합니다."

종경이 천천히 고개를 끄덕여 보였다. 이미 어떤 대답을 들
을지 짐작하고 있었다는 표정이다.

"훌륭하다! 하지만 무엄하기도 하다. 소림사의 제자가 아
니라 보종의 제자이기만을 희망하고 있는 것일지니."

"죄송합니다."

"말로만의 사죄는 의미가 없느니라. 그러니 너는 지금부터
네 무엄함에 대한 죗값을 치러야만 할 것이다."

"…예."

여전한 엽자건의 대답에 종경이 다시 고개를 끄덕인 후 시
선을 지객당 쪽으로 던졌다.

"지객당에 가면 감 시주가 짐을 싸고 있을 것이니라. 너는
이제부터 감 시주의 보표(保鏢)로서 서장까지 함께해야만 할
터이니, 즉시 가보도록 하거라."

"예?"

"항명은 받지 않겠다."

그 말을 끝으로 엽자건을 놔둔 채 종경이 휘하의 나한승들과 함께 떠나갔다. 애초부터 모든 게 예정되어져 있었던 것처럼 순식간에.

'당.했.다!'

엽자건은 뒷골이 당기는 기분을 간신히 참아냈다. 설마 보종과 종경이 이런 식으로 자신을 소림사 밖으로 내칠 줄은 몰랐기 때문이다.

아니다.

다시 생각해 보면 그리 나쁠 것도 없다.

어차피 의식을 되찾은 보종이 건강을 회복하자면 한참 시간이 지나야만 할 터였다. 그사이 포달랍궁까지 감요진과 여행을 함께한다는 건 꽤나 즐거운 일이라 할 수 있었다.

"그런데 어째서 감 소저가 서장으로 돌아가야 하는 거지? 황금대불마차나 천하불류일통은 또 어쩌고?"

알 수 없다.

짐작조차 되지 않는다.

엽자건은 그 같은 궁금증을 풀기 위해 지객당으로 달려갔다. 감요진을 만나서 이것저것 물어볼 것이 많았다.

'보종, 과연 독하구나! 하나밖엔 없는 제자를 사지가 될지도 모를 곳으로 보내다니! 오호란의 완성이 도대체 뭐기에……'

엽자건과 헤어지고 얼마 되지 않았을 때였다.

갑자기 걸음을 멈춘 종경이 뒤로 신형을 돌리고 싶은 충동을 참으며 눈살을 찌푸려 보였다.

곤왕 유대유를 따라나섰을 때부터였다.

성격이 부드러운 종경과 달리 굳세고 거친 성정의 보종은 전장에서 항상 대립하곤 했다.

독심(毒心)의 차이.

어디까지나 불제자임을 잊지 않는 종경과 달리 보종은 전장에서 악귀나 다름없었다. 그렇게 극한까지 자신을 몰아붙임으로써 곤왕 유대유의 형초장검의 진체를 하나도 남김없이 얻어내려 했다.

부러움과 질시.

종경이 사제 보종에게 느끼는 감정이었다.

그는 진정 무(武)에 미칠 수 있는 보종이 부러웠고, 불제자가 아닌 마도의 인물 같은 과감한 싸움에 질시를 느꼈다. 닮고 싶으면서도 닮기 싫었던 것이다.

그런 보종이 바뀌었다고 여겼다. 죽음을 앞두고 소림사로 돌아왔고, 제자를 위해 자신을 완전히 희생했음을 전해 들었기 때문이다.

착각이었던 것 같다.

사부를 위해 무슨 짓이든 할 것 같던 엽자건을 거리낌없이 사지로 보내라 하는 보종이었다. 단지 소림사에서 얻을 수 없는 생사쟁투를 경험시키기 위해서 말이다.

'후우! 모르겠구나! 내 이번 결정이 진실로 옳은 것이었는지를……'

내심의 한숨과 함께 종경이 다시 멈췄던 걸음을 옮겼다.

이미 공은 그의 손에서 떠나갔다.

그로 인해 벌어질 파문.

과연 어디까지 미칠 것인지 짐작조차 할 수 없었다.

*　　*　　*

쌍룡.

우빌라와 부탄은 함께 소림사를 벗어났다.

여전히 지객당에는 이십팔불자가 감요진을 지키고 있었다. 혹시 문제가 발생할 일은 없다고 생각했다.

빠르게 소실봉을 내려가던 중 부탄이 갑자기 우빌라를 불러 세웠다.

"우빌라, 떠나기 전에 너와 청화장에 갔으면 하는데 괜찮겠지?"

"청화장엔 왜?"

"이곳을 떠나기 전에 영역 표시는 하고 가야 하지 않겠냐?"

"영역 표시?"

“호호!”

우빌라의 질문에 부탄이 개기름 낀 미소로 화답했다. 진득한 욕정이 가득 담겨진.

우빌라가 인상을 긁었다.

“설마 청화장에 눈독 들여놓은 녀석이라도 있었던 것이냐?”

“예쁘장한 놈 하나를 죽이지 않고 가둬놨다고 하더군.”

“누가?”

“조말.”

“조말, 그 자식!”

조말은 이십팔불자 중 한 명으로 부탄의 제자였다. 우빌라로선 거부하기 힘들게 되었다.

“뭐, 그럼 함께 가자. 하지만 거기서 일을 치르는 건 혼자 해야만 할 거다. 난 절대로 망을 봐주지 않을 거야.”

“물론이다.”

부탄이 고개를 끄덕이며 눈을 번뜩였다.

욕정?

우빌라는 그리 생각했다.

잠시 후.

청화장에 도착한 쌍룡을 맞으러 냉고성과 보경이 모습을 드러냈다. 언제나와 마찬가지로 냉고성의 차갑게 가라앉은 시선이 우빌라를 향한다.

"우빌라 라마, 이곳에는 어쩐 일인가? 혹시 대법대불왕과 존불의 소식이라도 가져온 것인가?"

"그렇지는 않소."

"하면?"

"일단 안으로 들어가서 얘기하도록 합시다. 일대에 개방 거지들의 눈이 좌악 깔렸으니까."

"그런 거라면 괜찮네."

"설마?"

"생각한 그대로일세. 지난 며칠간 청화장 일대를 깨끗이 정리한 터라 개방의 이목은 한동안 완전히 마비가 되었을 걸세."

'이거 때문에 그동안 연락을 끊었던 거군. 하지만 어째서 갑자기 이런 쓸데없는 짓거리를 벌인 것인가?'

우빌라는 무력이 지모보다 위에 있는 사람이다.

하지만 그렇다고 바보는 아니다.

바보가 어찌 대법대불왕의 무수히 많은 제자들 중에서도 돋보이는 무공을 연마할 수 있겠는가!

당연히 그는 냉고성이 한 행동 속에서 파탄을 발견해 냈다. 대번에 모든 걸 간파해 내진 못했으나 마음 한구석이 찜찜했다. 머릿속 한구석에서 위험 신호가 쏟아져 나오고 있었다.

"알겠소. 그럼 나는 이만 소림사로 돌아가 보도록 하겠
소."

"벌써?"

"사매에게 냉 대인이 벌인 일에 대해 곧바로 얘기해 줘야
하지 않겠소? 개방을 건드린 일은 그리 작은 일이 아니니 말
이오."

"그렇군."

냉고성이 천천히 고개를 끄덕여 보였다.

'역시!'

우빌라의 두 눈이 핏빛으로 물들었다. 느닷없이 자신을 압
박하기 시작한 냉고성의 심살기를 느끼고 얼른 소뢰마기를
일으킨 것이다.

그런데 바로 그때다.

콰득!

우빌라의 옆구리로 푸른색으로 물든 수강(手罡)이 파고들
었다. 완전히 활성화되면 금강불괴에 가까운 방어력을 보이
는 소뢰마기가 가장 취약해지는 운기 직후를 노린 일격이었
다.

"부탄?"

"미안."

부탄이 만겁청절환락신공의 진기를 우빌라의 몸속에 마구
쑤셔넣으며 섬뜩한 미소를 보였다. 애초부터 이런 식으로 수

작을 부리기 위해 우빌라의 뒤를 따라왔음을 확인이라도 시켜주려는 것처럼.

그러나 부탄이 한 가지 간과한 사실이 있었다.

투귀라 불리는 우빌라의 진짜 소뢰마기의 위력이었다.

"부탄!"

또다시 부탄의 이름을 외친 우빌라의 두 눈에서 자색의 뇌광이 튀어나왔다. 부탄의 만겁청절환락신공을 단숨에 밀어내고 반격 직전까지 몰아붙인 것이었다.

"크헉!"

부탄의 입에서 비명이 터져 나왔다.

냉고성이 손을 쓴 건 바로 그때였다.

'과연 쌍룡!'

내심의 탄성과 함께 그의 소매 속에서 빠져나온 만리지도가 영묘한 독아처럼 큰 원을 그렸다. 잔혹심살도법이 펼쳐진 거다.

서걱!

우빌라의 목이 피분수와 함께 공중으로 날아올랐다.

이미 부탄의 만겁청절환락신공에 큰 타격을 받은 터에 냉고성의 기습적인 일격을 견뎌낼 순 없었다. 그가 초절정의 경지를 바라보던 고수였다 할지라도.

털썩!

거센 피분수를 쏟아내며 우빌라의 목을 잃어버린 몸이 바닥에 무너져 내렸다. 한 사부를 둔 맞수이자 사형제였던 부탄의 전신을 피로 물들이고.

냉고성이 부탄에게 한광 어린 눈빛을 던졌다.

"어찌 된 일인지 물어도 될까?"

"소림사에 사람을 심어두신 황천기주님께서 설마 포달랍궁이라고 그러지 않았을 거라 생각한 건 아닐 테지요?"

"그런가?"

"그런 것이오."

서장어가 아니라 금국어로 말하는 부탄을 바라보는 냉고성의 낯빛이 흐려졌다.

본래 알고 있었던 것보다 훨씬 무서운 사람.

은연중 황천기주에 대한 역심을 품고 있던 터라 더욱 충격적으로 다가오는 요즈음이었다.

그때 청화장 안쪽에서 두진양이 모습을 드러냈다.

애초부터 교감이 있었던 듯 부탄과 눈인사를 주고받은 그가 선언하듯 말했다.

"오늘이 가기 전에 소림사는 감요진과 이십팔불자를 내칠 것이다! 사냥은 그때부터 시작된다!"

'감요진……'

냉고성의 낯빛이 조금 더 흐려졌다.

*　　　*　　　*

이가흔의 눈꼬리가 치켜올라 갔다.

그녀의 눈앞.

십여 구나 되는 거지들의 시신이 놓여져 있었다. 하나같이 일격에 참살당한 듯 별다른 저항의 흔적이 보이지 않는다.

불같은 성질과 달리 꼼꼼하게 시신의 상태를 살핀 후 굽혔던 허리를 편 이가흔의 시선이 장년의 곰보 얼굴을 한 오결의 거지를 향했다.

등봉현 분타주 주개(酒丐).

이곳 수백여 개방 거지의 책임자다.

그가 곰보 얼굴을 일그러뜨린 채 말했다.

"내가 도착했을 때 이미 청화장은 텅 비워져 있었소이다. 주변에서 정탐을 하던 본 타의 형제 삼십여 명의 시체들만 남겨놓은 채."

"삼십여 명이라고요? 하지만……."

"나머지 시신은 수습조차 어려울 정도로 오체분시가 되어서 그곳에 가매장을 했소이다."

"그렇군요."

이가흔이 대답과 함께 가슴을 크게 들썩거렸다.

답답하다.

쉽게 호흡하기 어려울 정도로.

그런 이가흔에게 주개가 조심스런 표정으로 말했다.

"이대로라면 숭산 전역에 펼쳐져 있는 천라지망을 유지하는 게 어렵지 않겠소이까?"

"물론이에요. 일반적인 형제들로선 결코 막을 수 없는 적이니, 주개 분타주님께서 다시 고생을 좀 해주셔야겠어요."

"어찌하면 되겠소이까?"

"일단 형제들을 될 수 있는 대로 소실봉 앞에 집결해 주세요. 절대로 충돌은 자제하게끔 해주시고요."

"본 타의 제자들이야 그리할 수 있겠지만, 주변의 다른 타에서 온 형제들까지 소집하려면……."

"이걸 드리겠어요!"

이가흔이 자신의 대외적인 직책인 총순찰의 영부인 자죽패를 주개에게 건넸다. 어떻게든 개방 제자들의 희생을 줄이기 위함이었다.

그렇게 주개를 떠나보낸 이가흔이 소림사 쪽을 원망스레 바라봤다.

사실 원망의 대상은 소림사가 아니다.

이번에도 '협의'에 목을 매달고서 소림사의 사정에 끼어든 조부 철담협개의 드넓은 오지랖이었다.

'국가의 대사나 할아버님의 정의를 부인하는 건 아냐! 하지만 세상의 어떤 것도 개방 형제들의 목숨보다 귀한 건 없어! 그들의 소중한 목숨은 어떠한 것으로도 값을 매길 수 없는 거라구!'

내심 교갈을 터뜨린 이가흔이 곧 한줄기의 바람이 되었다.
당장 소림사로 달려가서 철담협개에게 이 같은 사실을 알려
야만 했다.

그렇게 한참을 달렸을 때였다.
소림사가 위치한 소실봉의 중턱에 채 도착하기도 전에 이
가흔은 걸음을 멈춰 세웠다. 황당한 광경을 목도한 까닭이었
다.
'저거 뭐야아!'
이가흔은 재빨리 취팔선보의 절초를 펼쳐서 큼지막한 바
위 뒤에 숨어들었다.
어느새 붉게 물든 얼굴!
여느 때처럼 취기로 인한 것이 아니라 화가 나서다.
산길을 걸어 내려오고 있는 일단의 무리.
다름 아닌 이십팔불자의 호위를 받고 있는 엽자건과 감요
진이었다. 마침 소림사를 떠난 지 얼마 되지 않았기에 이가흔
과 중간에서 딱 마주치게 된 거다.
섬세한 몸매.
하늘거리는 걸음걸이.
얼굴의 반면이 황금 면사로 가려져 있다곤 하나 누가 봐도
절색의 미녀임을 알 수 있는 모습이다. 겉에 걸친 두툼한 승
복 같은 건 눈에 들어오지도 않는다.

'저건 필시 대법대불왕이 그렇게 총애한다는 냉염나찰 감요진이란 년인데… 어째서 저 자식과 함께 있는 거지? 게다가 저 헤벌레한 표정은 또 뭐얏!'

이유는 모르겠다.

왠지 모르게 열이 확 받은 이가흔의 두 눈에 살기가 감돌았다. 일시 철담협개에게 한시라도 빨리 달려가야 하는 것마저 까맣게 잊어버리고 말았다.

그때 감요진의 은근한 정이 담긴 눈빛을 무심히 받아넘기며 주변을 살피고 있던 엽자건의 눈에 이채가 일었다. 그의 활성화된 감각에 바위 뒤에 몸을 숨긴 이가흔이 손쉽게 포착되었기 때문이다.

'이 소저, 어째서 저런 곳에 몸을 숨기고 있는 거지? 사내보다 더 사내 같은 성격을 가지고 있는 주제에……'

흥미가 인다. 내심의 의혹에 대한 확인도 해볼 겸 찔러봐야겠다는 생각도 들었다.

"감 소저, 내 한 가지만 물어도 되겠소?"

"물론이에요."

"현재 숭산 전역엔 소림사의 제자뿐 아니라 개방의 방도들이 잔뜩 깔려 있다고 들었소. 만약 그들이 앞을 막아서면 어찌할 작정이오?"

"그야 상황에 따라 다르겠지요."

"살벌한 상황이라면?"

“서장이나 중원이나 무림의 법은 동일해요.”

“눈에는 눈, 이에는 이?”

“핏값은 피로! 날아오는 칼날에는 더욱 강한 칼날로!”

“그렇군.”

천천히 고개를 끄덕여 보인 엽자건이 갑자기 의뭉스런 기색으로 시선을 이가흔이 숨어 있는 바위로 던졌다. 미리 준비해 놨던 한마디와 함께.

“그럼 쥐새끼처럼 몰래 훔쳐보는 상황이면?”

“그런 상황이라면…….”

이미 감요진 역시 엽자건이 생뚱맞은 말을 끄집어낸 의도를 간파했다. 의도적으로 말꼬리를 늘이며 그와 장단을 맞추지 않을 까닭이 없다.

그러자 결국 이가흔이 참지 못하고 숨어 있던 바위를 벗어나 엽자건 앞에 표표히 떨어져 내렸다.

스스슥!

'멋진 신법!'

감요진이 내심 감탄하는 사이 눈을 샐쭉하게 치켜올린 이가흔이 엽자건에게 확 돌진했다. 마치 그의 품속에 달려들기라도 하려는 것 같다.

엽자건은 놀라지 않았다.

벌써 그녀와 손속을 겨룬 게 십여 차례를 훌쩍 넘어가고 있었다.

권각의 매동작, 매초수!

그가 파악치 못한 게 없었다.

'바로 직전에 걸음을 멈추고 발끝으로 턱을 차올리려는 수작! 가장 적절한 대응은 바닥에 주저앉아 요대를 풀어버리는 거겠지만……'

한눈에 이가흔의 의도를 간파한 엽자건이 무뚝뚝한 한마디를 던졌다.

"그러다 요대가 풀려서 바지가 벗겨지면 곤란할 텐데……."

"이익!"

이가흔이 분한 기색을 한 채 걸음을 멈췄다. 막 엽자건의 코앞까지 이르기 직전이었다.

싱긋.

엽자건이 이를 드러낸 채 미소를 던졌다.

"그래야 훌륭한 이 소저지. 그래, 무슨 일로 이렇게 급히 소림사로 향하고 있었던 거요?"

"그런 너는 어째서 포달랍궁의 요녀와 함께 있는 건데?"

"그야 당연히 명령을 받아 수행하고 있는 게 아니겠소? 나는 그야말로 보잘것없는 불목하니인지라……."

"명령을 받아 수행한다?"

"그렇소. 나는 지금부터 서장까지 감 소저를 보표로 수행해야 한다오. 그래서 한동안 이 소저를 보지 못하게 되었지만, 너무 슬퍼하진 마시오."

"누가 슬퍼한다는 거얏!"

이가흔이 화난 표정으로 소리를 지르면서도 눈꼬리를 가볍게 떨어 보였다. 문득 뇌리를 스쳐 가는 불길한 생각이 있었기 때문이다.

'지금 소림사와 숭산 일대에선 심상치 않은 일이 벌어지고 있다! 내가 생각했던 이상으로⋯⋯.'

그게 뭔지는 모른다.

다만 그녀는 엽자건이 크게 신경 쓰였다. 하필이면 그가 이런 때에 포달랍궁의 주요 인물인 감요진을 수행해 서장까지 간다는 사실이 마음에 걸렸다.

그때 묵묵히 두 사람 간의 대화를 지켜보고 있던 감요진이 이가흔에게 질문을 던졌다.

"개방이 숭산 일대에 펼쳐 놓은 천라지망에 이상이 생긴 것 같던데⋯⋯."

"혹시 너냐?"

"뭘 말하시는 건가요?"

"청화장을 감시하던 개방 형제들을 살해한 게 너희 포달랍궁의 소행이냐고!"

'역시 그런 건가!'

감요진은 자신이 던진 미끼를 덥석 문 이가흔을 바라보며 눈매를 가늘게 만들었다. 대법대불왕과 청화장 쪽에서 소식이 끊긴 직후 줄곧 심사를 어지럽혔던 일들의 윤곽이 서서히 잡히기 시작한 듯싶다.

이가흔은 아차 싶었다.

생각지도 못한 상황을 만나 흥분한 탓에 감요진에게 말려들었음을 깨달은 거다.

감요진이 말했다.

"이번에 본 포달랍궁이 중원에 들어온 건 어디까지나 소림사를 상대하기 위함이었어요. 어찌 아무런 관계도 없는 개방의 제자들에게 위해를 끼칠 수 있겠어요? 개방에서 먼저 싸움을 걸어온다면 피할 생각은 없지만."

"……."

감요진의 눈에서 일시 일어난 환몽사안에 이가흔이 흠칫 어깨를 떨어 보였다.

극도로 흥분했던 터.

지척지간에서 만난 환몽사안에 여지없이 걸려들었다.

"가흔 동생, 내가 나이가 좀 더 많으니 앞으로 편하게 부르도록 할게."

"예, 물론이에요. 언니."

"동생, 내가 한 가지 궁금한 점이 있는데, 현재 청화장의 상황은 어떻지?"

"개방 형제들 서른 명이 몰살당한 후 주개 분타주가 달려갔는데, 그때 이미 청화장은 텅 빈 상태였다고 합니다."

"그럼 개방에서는 숭산 일대에 펼쳐 놓은 천라지망을 어떤 식으로든 조종했겠네?"

"예, 일단 소실봉 아래로 될 수 있는 대로 많은 형제들을 집결시키도록 명령 내렸어요. 혹시 더 많은 인명 피해가 있으면 곤란하잖아요."

"그렇구나! 그럼……."

다시 이가흔에게 질문하려던 감요진의 황금 면사가 가볍게 흔들렸다.

어느새 옥죄어든 완맥.

기이무쌍한 진기가 밀려들어와 단숨에 환몽사안을 깨뜨려 버린다. 느닷없이 돌변한 두 여인의 대화를 귀담아듣던 엽자건이 손을 쓴 것이다.

"…자건?"

엽자건이 여전히 완맥을 제압한 채 고개를 가로저어 보였다. 평소와 달리 눈빛이 엄하다.

"감 소저, 나는 네 보표야! 서장까지 가는 동안 절대로 내가 지켜줄 테니까 이런 짓은 할 필요가 없어."

"하지만 지금 숭산 일대에서 벌어지고 있는 일은 무척……."

"무척 복잡하지. 소림사의 높은 분들도 일시 어쩌지 못할 정도로."

"그래, 그러니까 정보가 필요해요!"

"그 정보, 내가 얻어낼 수 있어. 이런 짓 하지 않고도. 나는 무적의 보표거든."

"어떻게?"

"잘생겼잖아!"

"……."

엽자건이 한마디로 감요진의 입을 다물게 만들고 여전히 혼란한 상태인 이가흔을 한켠으로 끌고 갔다. 한시라도 빨리 그녀의 정신을 잠식해 들어간 환몽사안의 기운을 씻어내야만 했기 때문이다.

주(註)

　*오의:어떤 사물(事物)의 현상(現象)이 지니고 있는 매우 깊은 뜻. 알기 어려운 매우 깊은 뜻.

第二十六章

암도진창(暗渡陣倉)

少林棍王

소림곤왕

'쳇! 내 이런 식의 전개가 될 줄 알고 있었지……'

엽자건은 이가흔을 잡아끌며 내심 투덜거렸다. 달마원에
서 사부 보종과 대화를 나눴을 때부터 왠지 꺼림칙했다.

생사간극에 섰던 지난 수개월!

보종은 조금 변한 듯했다. 더 이상 곤왕 유대유나 오호란에
집착하지 않는 것 같다는 인상을 받았다.

반만 맞췄다.

보종은 곤왕 유대유나 오호란에 대해선 집착을 끊었으나
제자인 엽자건에 대해선 그렇지 못했다. 자신을 놓아버린
대신 모든 기대와 성망(盛望)을 엽자건의 어깨에 얹어버린

거다.

평소대로의 모습이다.

변함없이 사악하고 야비한 사부다.

그런 점에서 사숙조 종경은 조금 약했다. 소림사 경내를 떠나기 직전에 사람을 보내서 몇 가지 당부의 말을 전한 것만 봐도 알 수 있다.

싱긋.

엽자건은 그 같은 생각과 함께 유쾌하게 미소 지었다.

지난 수개월간, 그의 마음속엔 사부뿐 아니라 든든한 사문 역시 생겨났다. 진정으로 소림사 제자가 되기로 마음의 결정을 내린 것이었다. 어느 누구의 선택이나 결정이 아니라 자기 자신의 의지로 말이다.

"아!"

엽자건이 다소 세게 손을 잡아끌었나 보다.

여전히 정신이 없던 이가흔이 나직한 신음과 함께 다리에서 힘이 풀린 듯 그의 품에 안겼다.

뭉클한 느낌.

늘씬하고 탄탄한 몸매의 소유자답게 가슴 역시 탄력이 넘친다.

웬만한 사내라면 코피라도 흘렸을 만한 상황.

엽자건은 대범했다.

그는 능숙하게 이가흔을 품에 안고서 그녀의 명문혈과 태양혈에 살짝 진기를 주입했다. 자신의 몸속에서 잘 짜여진 톱 니바퀴처럼 조화를 이룬 팔종진기가 감요진의 환몽사안의 기 운을 몰아내는 데 도움이 될 것을 확신한 행동이었다.

과연 그랬다.

명문혈을 통해 엽자건의 진기를 받아들인 이가흔이 한차 례 몸을 흔들고는 곧 정신을 회복했다.

깜빡! 깜빡!

두어 차례에 걸쳐 눈을 감았다 뜬 이가흔의 얼굴이 붉게 달 아올랐다. 비로소 엽자건의 품에 자신이 안겨 있음을 눈치챈 것이다.

"나, 날 놔줘!"

"그러지."

엽자건이 마치 그 말을 기다리고 있었던 듯 이가흔을 품에 서 밀어냈다.

"엇!"

이가흔이 가벼운 신음을 흘리며 신형을 휘청거리면서도 용케 쓰러지지 않았다. 엽자건이 주입해 준 기오막측한 진기 가 이미 환몽사안의 악기와 함께 소멸해 버린 까닭이다.

발끈!

다시 이가흔의 아미가 치켜올라 갔다.

방금 전 자신이 한 말 따윈 중요치 않았다. 엽자건이 쓰레 기라도 버리듯 밀쳐 낸 것이 화가 났다.

엽자건이 선수를 쳤다.

"그래서 현재 숭산 일대에 몰려든 후금의 병력은 얼마나 되는 거요?"

"후금의 병력?"

"저번에 소림사에서 난동을 부렸던 새외칠마 중 한 명인 잔혹마군 냉고성의 행적을 개방이 여태까지 감시하고 있었잖소! 그자와 후금은 꽤나 긴밀한 관계를 맺고 있으니 이번에 몰려든 자들도 비슷할 거라 생각하오만?"

맞다.

철담협개와 이가흔 역시 그리 생각하고 있었다. 그래서 소림사를 떠나지 않고 줄곧 감시의 끈을 놓지 않고 있었던 거다.

'하지만 어떻게 그런 사실을 이 얄미운 자식이 아는 거지? 그건 개방에서도 극비에 속한 정보인데……'

의혹 어린 표정이 된 이가흔에게 엽자건이 어깨를 한차례 추어 보였다.

"역시 내 예상대로군. 알겠소. 이 소저는 이만 보던 일을 마저 보도록 하시오. 나는 내 볼일을 보러 갈 테니까."

이가흔이 다급해졌다.

"자, 잠깐만!"

"바쁜데… 짧게 말하시오."

"진짜로 서장까지 그 포달랍궁의 요녀를 따라갈 거야?"

"명령을 받았다고 했잖소. 게다가 지금은 그런 걸 생각할 때가 아닌 것 같소만?"

"……."

틀린 말이 아니다.

이런 식으로 시간을 끌고 있을 때가 아니었다.

그런데 이 아쉬움은 무엇인가?

이가흔이 잠시 어떤 말도 없이 안절부절못하자 엽자건이 문득 싱긋 미소 지었다.

"이 소저, 다시 만날 때까지 보중(保重)하시오."

"위… 험하니까……."

"알고 있소."

엽자건의 얼굴에 강인한 기색이 번져 나왔다. 예전에 툭하면 발산하곤 하던 천살의 기운과는 다르다. 그 대신 더욱 믿음직한 기운이 덧씌워져 있었다.

두근!

그 진지한 표정에 이가흔의 가슴이 뛰었다.

숨이 가빠왔다.

그러나 어느새 엽자건은 신형을 돌려세우고 있었다. 앞서 말한 것처럼 남겨진 시간이 그리 많지 않다고 여긴 까닭이다.

고개를 흔들어 보이는 엽자건에게 감요진이 이미 짐작하고 있었다는 듯 말했다.

“역시 그런 건가요?”

“그래.”

“그럼 바빠지겠군요?”

“그리 놀란 것 같진 않네?”

“예상했던 일들 중 하나니까요. 게다가…….”

잠시 말끝을 흐렸던 감요진이 황금 면사를 나풀거리며 말했다.

“…지금 내 곁에는 자건이 함께 있잖아요. 만약 내게 위기가 닥치면 그때처럼 보호해 줄 거라고 믿어요.”

“뭐, 일단은 보표니까.”

“단지 그것뿐인가요?”

“집요한 성격은 싫다구. 아마 개방도들 때문에 소실봉까지는 포위망이 아직 좁혀들지 않았을 테니까 지금부터 전속으로 돌파할 거야!”

“병법에 대해 잘 아는 것 같군요?”

“좀 알지. 그러니까 등봉현을 완전히 빠져나갈 때까지 무조건 내 말에 따르도록 해.”

“뭐, 일단은 그리하도록 하죠. 자건은 내 보표니까요.”

“…….”

자신의 말을 앵무새처럼 따라 하는 감요진을 향해 인상을 한차례 긁어 보인 엽자건이 픽 하고 웃었다.

이런 기분.

그리 나쁘지 않다.

잠시 잊고 있던 전장과 싸움터의 끈적한 내음이 벌써 저만치 다가와 코끝을 자극하고 있었다.

*   *   *

철담협개의 눈에 신광이 어렸다.

나한당을 속속 빠져나오고 있는 일단의 무리들!

종경이 특별히 뽑아서 가르치고 있는 십팔나한과 나한승들이었다.

'손에 든 건 금강곤, 등에 짊어진 건 방편산. 게다가 허리에는 단창까지 차고 있다…….'

승복에 민대머리만 아니면 딱 전쟁터에 어울리는 모습이다.

그것도 후방이 아니라 최전방!

그때 나한승들 사이로 모습을 드러낸 종경을 발견한 철담협개가 발을 재게 놀려 다가갔다. 그의 손에도 흑단목으로 된 제미곤이 들려 있는 걸 보고 사단이 나도 단단히 났다는 생각을 한 것이다.

"항마불장이 소림사 수호의 임무를 내동댕이치고 어딜 가려는 것인가?"

종경이 역시 철담협개를 발견하고 일수합장해 보였다.

"아미타불! 방주님의 오해십니다."

"오해에?"

"그렇습니다. 빈승은 제자들과 야외수련을 함께하려 할 뿐입니다."

"십팔나한을 비롯한 나한당 제자 전부와 함께 말인가?"

"두엇은 나한당에 남을 것입니다."

"푸헐!"

철담협개가 대소를 터뜨렸다. 종경의 이 같은 모습이 그를 참으로 기껍게 만들었다.

종경이 역시 미소 지은 채 말했다.

"장문 사형이나 보종에겐 비밀로 해주시겠지요?"

"보종에게도 말인가?"

"빈승이 이렇게 '야외수련' 에 나선 걸 알면 아마 노발대발할 겁니다."

"미.친.놈의 땡중!"

걸쭉한 욕설을 내뱉은 철담협개가 종경의 곁으로 냉큼 다가들어 말했다.

"어떤가? 이 노개도 끼워주는 것이."

"이번 일은……."

"소림의 일이라는 잡설은 내뱉지 말고!"

"……."

단호한 철담협개의 태도에 종경이 입을 다물었다.

평생을 협의와 함께한 노강호!

그의 진심이 아플 정도로 다가드니 가슴 한구석이 크게 따뜻해져 왔다.

'장문 사형이 이분의 반만이라도 적극적인 성품이었다면 얼마나 좋았을까? 아쉽구나!'

내심 종경이 한탄하고 있을 때였다.

자신이 펼칠 수 있는 최고의 취팔선보로 나한당으로 달려오던 이가흔이 걸음을 멈춰 세웠다.

강렬한 투기!

흡사 전쟁터를 향해 진군하기 전과 같은 패도적인 기운을 풍겨내고 있는 나한승들이 그녀를 당황하게 만들었다. 그들의 결기를 대번에 눈치챈 것이다.

움찔한 기색이 된 이가흔을 발견한 철담협개가 먼저 말을 걸었다.

"거지들이 몇이나 죽은 것이냐?"

이가흔이 종경의 눈치를 한차례 살피곤 침울한 표정으로 대답했다.

"청화장 쪽을 살피고 있던 서른 명입니다."

"개놈들! 그래서 선제적인 대응은 어찌했고?"

"주개 분타주에게 최대한 숭산 전체에 퍼져 있는 형제들을 모아서 소실봉 아래에 집결시키라 전했습니다."

"잘했다."

치하의 말과 함께 철담협개가 다시 종경을 바라봤다. 좀 전
과는 달리 강렬한 신광이 눈에 담겨져 있다.

"이젠 개방에서도 발을 뺄 수 없게 되었지 않은가?"

"알겠습니다. 빈승과 함께 야외수련에 동참하도록 하시지
요."

"푸헐! 진작 그리할 것이지."

시원스런 대소와 함께 철담협개가 이가흔을 힐끔거렸다.
항상 이런 상황을 만나면 불만이 그득한 얼굴이 되는 그녀가
조용했기 때문이다.

'오호라! 흔석이 엽자건, 고 녀석이 이번 일에 끼어든 걸 알
고 있구나!'

달리 늙은 생강이 아니다.

엽자건이 감요진 일행의 보표가 된 걸 이미 알고 있던 터라
철담협개는 이가흔의 복잡한 심사를 대번에 꿰뚫어 봤다. 내
심 즐거움과 함께 엽자건을 반드시 지켜야겠다는 결심이 더
욱 굳어지지 않을 수 없다.

툭툭!

손을 내밀어 이가흔의 어깨를 토닥여 준 철담협개가 단호
하게 말했다.

"나 아직 안 죽었다! 손녀 사위 하나쯤은 책임질 수 있으니,
염려하지 말거라!"

"누, 누가 누구의 손녀 사위라는 거예욧!"

“푸헐! 녀석, 부끄러워하기는.”

“아니에욧! 아니라구욧!”

“푸헐! 푸헐헐헐!”

철담협개의 웃음소리가 나한당 앞에 전열을 갖추고 있던 나한승들의 투기를 덮듯이 울려 퍼졌다. 얼굴을 홍당무처럼 붉힌 이가흔의 복장을 마구 뒤집어놓으며.

＊　　　＊　　　＊

엽자건은 소실봉을 전력으로 내려오자마자 개방도들의 움직임을 살피곤 곧 한쪽 방향을 정했다.

준극봉 방면.

가장 험하고 줄곧 산길로만 이어져 있는 방향이다. 적어도 보름 이상은 관도 비슷한 것도 발견치 못할뿐더러 쭈욱 산길을 헤맬 각오를 해야만 할 선택이다.

준극봉에 위치한 숭악사에 잠시 머문 적이 있는 감요진이 그 같은 사실을 모를 리 만무하다. 숭산 일대의 지형지물에 대해선 미리 파악해 놓기도 했었다.

그러나 그녀는 약속대로 엽자건의 결정에 따랐다.

그의 진지한 눈빛.

결코 따르지 않을 도리가 없다.

그렇게 준극봉을 가로지른 끝에 도착한 장소는 눈이 살짝 덮여 있는 풀숲에 은밀하게 숨겨져 있는 동굴이었다.

크기?

고작해야 사람 하나가 비집고 들어갈 수 있을 정도다.

"과연!"

엽자건이 고개를 끄덕인 후 감요진을 바라봤다. 그녀에게
부탁할 게 있었기 때문이다.

"사람을 좀 써야겠는데, 괜찮을까?"

"이십팔불자를 말하는 건가요?"

"그래."

엽자건의 대답에 감요진이 잠시 고심하다 주변에 흩어진
채 경계를 서고 있던 이십팔불자를 불러들였다.

"계획을 말해봐요. 내가 이십팔불자들에게 통역할 테니
까."

"내 계획은 이래."

엽자건이 이가흔을 만난 후 생각한 계획을 천천히 늘어놓
기 시작했다. 생과 사가 한순간 만에 결정나는 전장에서 무수
히 많은 전투를 거치며 얻은 잔혹한 생존법에 입각한 계획이
었음은 물론이다.

엽자건의 말이 끝나자 감요진의 눈빛이 가볍게 흔들렸다.

"그, 그 계획은 너무……"

"끔찍하지. 하지만 적은 강해. 소림사와 개방, 포달랍궁을
농락할 수 있다고 자신할 만큼. 그런 자들을 상대하려면 더욱

강한 저력을 구축하거나 지독해져야만 해."

"단지 그런 것 때문에 이런 계획을 세운 건가요?"

"나는 지금 널 지킬 생각만 하고 있을 뿐이야. 그 외엔 어떤 것도 관심이 없어."

"마지막으로 한 가지만 더 물어보도록 할게요. 정말 쌍룡 사형들이 죽거나 적에게 포섭되었다고 생각하는 건가요?"

"물론이야. 그렇지 않다 해도 지금은 이 방법밖엔 없고."

"알겠어요."

감요진이 다시 엽자건의 진지한 눈빛을 살핀 후 서장어로 이십팔불자들에게 설명했다.

─암도진창(暗渡陳倉)의 계(計).

병법 삼십육계 중 제구계.

한(漢)나라의 한신(韓信)이 초(楚)나라와 싸울 때 사용한 계책을 엽자건은 제멋대로 응용하기로 했다. 사실은 병법 같은 건 제대로 공부해 본 적이 없다. 그냥 전장에서 나도는 그럴듯한 얘기를 자신이 세운 계획에 대입시켰을 뿐이다.

"옴마니 반메훔!"

"옴마니 반메훔!"

"옴마니 반메훔!"

각기 세 개 조로 나뉜 이십팔불자들이 감요진에게 정중하게 예를 갖춰 보인 후 사방으로 흩어졌다. 엽자건의 계획을 목숨을 걸고 수행하러 떠나간 거다.

가벼운 떨림을 보이는 황금 면사.

이십팔불자들을 마중하는 감요진의 두 눈에 맑은 물기가 번져 나오고 있었다.

태생부터가 마도의 인물.

독심으로 치자면 천하의 어떤 마두에 못지않을 그녀이나 오랫동안 함께해 온 이십팔불자에 대한 감정은 특별했다. 이렇게 갑자기 이별을 하게 될 줄은 몰랐기에 마음속의 애통함은 더욱 컸다.

엽자건이 말했다.

"이젠 저 속으로 들어가자구. 족히 하루는 꼬박 숨어 있어야 할 거야."

'숭산 전역을 아수라장으로 만들어놓고 숨어 있자고? 자건, 소림사의 제자인 주제에 마도인보다 더욱 악독해!'

내심 입을 삐죽여 보인 감요진이 군말없이 엽자건의 말에 따랐다.

그럴 수밖에 없었다.

여전히 그녀의 가슴에 박혀 있는 엽자건의 진중한 눈빛은 저항 자체를 포기하게끔 만들었다. 마치 환몽사안에 걸려 버리기라도 한 것처럼.

'정말 그런 걸까?

그 역시 알 수 없다. 환몽사안을 남에게 시전할 줄만 알았
지 단 한 번도 걸려본 적이 없었기 때문이다.

동굴 안.
간신히 비집고 들어갈 정도이던 입구와는 달리 안쪽은 제
법 넓었다.
족히 사람 서너 명은 자리 잡을 만한 공간이다.
엽자건은 주변으로부터 입구 쪽까지의 흔적을 모조리 지
워 버리고서야 동굴 안으로 들어왔다. 평상시의 건들거림은
아예 눈을 씻고 찾아봐도 보이지 않는다.
동굴 안쪽에 다리를 모은 채 앉아 있던 감요진이 반가운 기
색으로 엽자건을 맞았다.
“늦었어요!”
“할 일이 남았었거든.”
엽자건이 대답과 함께 감요진의 맞은편에 자리를 잡고 앉
았다.
자세가 편하다.
앞서 말했던 것처럼 하루를 꼬박 보내야 할 터라 될 수 있
는 대로 편하게 자세를 유지할 심산이다.
‘내 곁으로 안 오고……’
내심 서운한 심정이 된 감요진이 작은 어깨를 가볍게 떨어
보였다.

동굴 안.

겨울철이니만치 꽤 춥다.

입구를 거진 막아놔서 바람이 새어들진 않지만 바위 자체를 통해 전달되어져 오는 한기까지 막을 순 없다.

힐끔.

엽자건이 그런 감요진을 곁눈질한 후 한켠에 놔뒀던 보퉁이 속에서 두툼한 여우목도리를 끄집어냈다. 겨울철 공연 때도 몇 번 둘러보지 못한 비싼 물건이다.

"이걸로 목과 어깨를 감싸고 있어. 내공도 좀 운기하고. 고수라고 겨울철 야영 시의 한기를 우습게 여기면 병들기 쉽다구."

"이런 건 또 어떻게 가지고 있었던 거죠?"

"공연용이야."

"공연?"

반문과 함께 감요진이 눈을 반짝였다. 엽자건의 소주 천금공자 시절을 떠올린 까닭이다.

엽자건이 투덜거리듯 말했다.

"모두 네 덕분이야! 그때 널 만나지만 않았어도 나는 소주를 평정한 후 북경으로 올라가서 황제와 황후, 고관대작들 앞에서 내 예기를 마음껏 펼쳐 보일 수 있었을 거라구."

"그건 미안하게 됐군요."

"뭐, 됐어. 지금의 삶도 그리 나쁘진 않으니까."

"무림인이 된 걸 후회하지 않는다는 뜻인가요?"

"그냥 무림인이 되었다면 후회했을지도 모르지. 하지만 나는 소림사의 제자이자 보종 사부님의 제자이거든."

"그런가요?"

"그래."

"그럼 어째서 그런 계획을 내놓은 거죠? 자칫 잘못하면 이번 일로 소림사와 개방은 심대한 타격을 입을 수도 있을 텐데?"

"믿는 거지."

"무얼 믿는다는 거죠?"

"내 사문인 소림사의 저력을. 그리고 개방 역시 그리 약한 문파는 아니고 말야."

"……"

"게다가 내가 받은 명령은 네 보표가 되어서 서장까지 안전하게 호위하란 거였어. 방법에 대해선 따로 언급하지 않고 말야. 그러니 나로선 이용할 수 있는 방법은 모조리 동원할 수밖에 없지 않겠어?"

"…그렇군요."

감요진이 수긍의 말과 함께 화제를 슬그머니 돌렸다. 사실은 가장 관심있고 궁금한 일이었다.

"그 개방의 미인 아가씨와는 어떤 관계죠?"

"미인?"

“자건이 미남계로 홀린 아가씨 말예요.”

“아하!”

엽자건이 가벼운 찬탄과 함께 입을 다물었다. 감요진의 궁금증만을 증폭시키곤 싹 입을 씻어버린 거다.

감요진의 눈꼬리가 치켜올라 갔다.

“뭐죠? 이건?”

“대답하지 않겠다는 의지지.”

“그러기예요?”

“물론.”

엽자건의 명쾌한 대답에 감요진이 갑자기 신형을 일으켜 세웠다. 당장 동굴 밖으로 뛰쳐나갈 것 같다.

엽자건은 막지 않았다.

오히려 몸을 더욱 동굴 벽, 깊숙이 박아 넣은 채 한마디 던질 뿐이었다.

“지금 나가면 이십팔불자의 희생은 헛된 것이 될 텐데 말야…….”

“나쁜 인간!”

“동감이야.”

엽자건이 다시 자신의 옆에 주저앉는 감요진을 향해 피식 웃음을 던지곤 눈을 감았다.

귀중한 휴식 시간이다.

헛되이 낭비할 수 없는 게 당연하다.

꿈틀!

냉고성은 소실봉 쪽으로 정탐을 보냈던 탐색조들이 속속 도착해 올린 보고에 눈살을 찌푸려 보였다.

'소실봉 부근으로 개방도들이 집결하기 시작한 건 그렇다 치고, 소림사에서 나한승들이 대거 몰려나왔다는 건 예상 밖의 결과다. 설마 이것들이 한판 제대로 붙어보자고 시위를 하는 건가?

냉고성이 깊은 생각에 잠겨 있을 때였다.

다시 한 무리의 탐색조가 돌아왔다. 보경이 이끌고 갔던 자들이었다.

보경이 냉고성 쪽을 한차례 살핀 후 두진양에게 다가갔다. 시세에 밝은 자다운 행동이다. 냉고성의 두 눈에서 살기가 번져 나왔으나 그는 개의치 않았다.

"두 대인, 냉염나찰 감요진은 휘하의 이십팔불자와 함께 이미 소림사 산문을 빠져나갔습니다."

"확신할 수 있는가?"

"도 자 항렬의 제자에게서 얻어낸 정보이니 확실합니다."

"그렇다면 소림사와 개방의 현재 움직임은 전형적인 성동격서(聲東擊西)라고 할 수 있겠군."

"소승 역시 그리 생각합니다. 아마 소실봉 쪽에 소림과 개방의 병력을 집결시키는 것으로 시선을 끌어서 냉염나찰 감요진 등을 무사히 빠져나가게 만들려 함일 겁니다."

"최선의 판단이군. 계륵(鷄肋)이나 다름없는 존재를 처리하기엔."

"소승이 앞장서겠습니다."

"당연한 일! 이곳 지리를 가장 잘 아는 자는 자네일 테니까. 일단 소실봉을 내려와 숭산과 등봉현을 가장 빨리 빠져나갈 수 있는 길과 반대인 경로를 뽑아봐."

"훌륭한 판단이십니다. 그렇지 않아도 소승이 몇 개 경로를 생각해서 그려봤습니다."

보경이 품속에서 십여 장이 넘는 종이 뭉치를 끄집어냈다. 소림사가 위치한 소실봉을 중심으로 숭산의 전경이 세세하게 그려진 지도들이다.

그중 몇 개 구간을 눈여겨본 두진양이 입술꼬리를 치켜올렸다.

"좋군. 자네 판단대로 우선순위를 정해서 수색에 들어가! 절대로 소림승과 개방도들과 마찰을 빚지 말고."

"존명!"

냉고성에게조차 하지 않던 복명과 함께 보경이 수색대를 조직하기 시작했다.

간 보기는 끝났다.

　이젠 사문 소림사를 등지고 배신자가 된 대가를 철저할 정
도로 받아내야만 했다. 출세하여 부귀공명을 누리기 위해 전
심전력을 다할 때가 된 거였다.

　두 시진 후.
　의기양양하게 숭산으로 떠났던 보경이 인상을 찌푸린 채
돌아왔다.
　예상이 완전히 어긋났다.
　그의 보고를 접한 두진양이 비로소 냉고성과 부탄을 불러
들였다. 처음에 예상했던 것보다 일이 복잡해지자 더 이상 그
들을 놀리고만 있을 순 없었다.
　"일이 꼬였다."
　냉고성의 반응은 차갑다.
　"어째서?"
　부탄 역시 눈빛을 차갑게 가라앉힌 채 침묵 속에 추궁의 기
색을 던지긴 마찬가지다.
　"……."
　두진양은 내심 더러운 기분이 되었으나 그들의 도움을 받
아야만 한다는 점을 잊진 않았다. 그가 성질을 죽이고 설명했
다.
　"이십팔불자의 종적이 소실봉 부근에서 다수 발견되었다.
아마 냉염나찰 감요진도 함께일 테지. 그러니……."

"그러니 이젠 우리더러 힘을 빌려달라는 건가? 소림과 개방을 동시에 상대해야 할지도 모르게 되었으니까?"

"황천기주님께서 친히 명령하신 일이다. 감히 명령불복종을 할 셈은 아닐 테지?"

"물론이다. 하지만 내 주인은 황천기주님이지 두진양, 네가 아니다. 아마 부탄 라마도 그리 생각할 테고."

"……."

부탄이 역시 침묵 속에 고개를 끄덕여 보였다. 그사이 두진양에 대항하기 위해 냉고성과 손을 잡았음을 분명히 한 것이다.

두진양에게서 음유한 살기가 흘러나왔다.

여전히 무섭다.

그러나 냉고성은 처음처럼 놀라지 않았다. 대신 부탄이 크게 놀란 기색이 되었다. 설마 두진양의 무위가 냉고성보다 뛰어날 줄은 몰랐기 때문이다.

두진양이 이번에도 성질을 죽였다. 하지만 목소리에 음산한 기운이 담기는 것까지 막진 못했다.

"내가 끌고 온 황천살검대의 팔검대와 구검대의 육백 명을 세 패로 나눌 것이다."

"각기 이백 명씩일 테지?"

"그러도록 하지. 단! 보경은 내 부관이다."

"숭산 지리에 가장 어두운 사람이 부관을 차지하는 건 당연지사! 누가 먼저 냉염나찰 감요진을 찾는지 내기할까?"

"뭘 걸고 싶은데?"

"구명절초 하나는 어때?"

"좋다."

두진양이 대답과 함께 손바닥을 내밀자 냉고성 역시 따라
했다.

짝! 짝! 짝!

세 차례 손바닥이 맞부딪쳤다. 강호의 약속이니, 목숨을 걸
고라도 지켜야만 한다.

＊　　　＊　　　＊

긴 하루가 지나갔다.

동굴 입구로 스며들어 오는 새벽의 미광(微光)에 눈을 뜬
엽자건의 입가에 고소가 떠올랐다.

그의 한쪽 품안.

어느새 고양이처럼 몸을 웅크린 감요진이 고개를 파묻고
있다. 밤새 워낙 추위가 심해서 서로의 체온을 공유했다는 건
사실 말이 안 된다. 두 사람 모두 내력의 조예가 범상치 않으
니 이 정도 추위에 굴할 리 없는 거다.

'깨우기 미안할 정도로 곤히 자는군.'

엽자건은 내심과 달리 손가락을 뻗어 감요진의 이마를 밀

어냈다.

툭!

감요진이 그제야 눈을 뜨고 인상을 찡그려 보였다. 이마가 얼얼할 것이 제법 아프다.

"날 때린 거예요?"

"일어날 시간이 되었거든."

"그럼?"

"바로 출발이란 거지."

엽자건이 대답과 함께 신형을 기민하게 일으켜 세웠다. 먼저 동굴 밖으로 나가서 혹시 있을지 모를 추격자들을 처리할 생각이었다.

스슥!

엽자건이 동굴을 나서고 얼마 지나지 않아 옷매무새를 만지고 눈으로 세안을 한 감요진이 나왔다.

하루를 꼬박 동굴에서 보낸 것치곤 꽤나 멀쩡한 모습이다. 엽자건에게 추한 꼴을 보여선 안 된다는 의지가 가능케 한 모습이기도 하다.

이미 주변을 살피고 돌아온 엽자건이 말했다.

"이곳에서 잠시 헤어지도록 하지."

"예?"

"감 소저는 동쪽 산등성이를 따라 전력으로 달려가기만 하면 돼. 쉽지?"

"그럼 자건은 어찌하려고요?"

"사냥을 해야지."

"사냥?"

"예상대로 준극봉 쪽에서 소수나마 추격대가 몰려왔어. 제법 숭산의 지리에 밝은 자가 있다는 뜻이지."

"설마……."

"그자를 제거하는 게 최우선이야. 괜스레 뒤통수를 얻어맞고 싶진 않으니까."

"……."

감요진은 엽자건이 괴물처럼 보였다.

포달랍궁에 들어가기 전부터 마도의 길을 걷던 그녀다. 웬만한 사악한 짓이나 간계에는 눈 한 번 깜빡하지 않을 자신이 있었다.

하지만 눈앞의 엽자건은 아예 다른 존재였다.

사악하다거나 간계에 능한 정도가 아니라 매사를 전술전략에 맞춰서 행동했다. 무림인이 아니라 군부의 인물처럼 생각하고 행동하는 것이다.

그때 엽자건이 휘파람을 불었다.

삐이이이익!

멀리멀리 퍼져 가는 휘파람 소리에 감요진이 상념을 접었다. 이미 엽자건이 움직이기 시작했음을 눈치챈 까닭이다.

'아! 나도 모르겠다!'

결국 내심 탄식을 터뜨린 감요진이 동쪽으로 달리기 시작했다.

사냥을 하고 싶다고?

미끼가 되어주길 바란다고?

그렇게 해주마고 감요진은 생각했다. 어쩌다 보니 그리되어 버렸다.

주(註)

*성동격서: '동쪽에서 소리를 지르고 서쪽을 친다'라는 뜻으로 동쪽을 쳐 들어가는 듯하면서 상대를 교란시켜 실제로는 서쪽을 공격하는 것을 말한다. 통전(通典), 병전(兵典)에 나오는 이야기에서 유래하였다.

第二十七章

비전비승(非戰非勝)

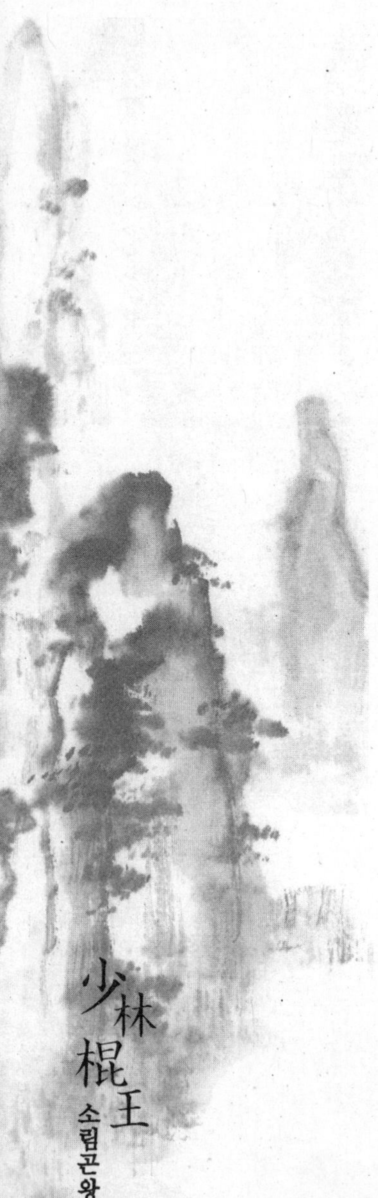
少林棍王
소림곤왕

　보경은 여러 개로 쪼갠 수색조 중 일부와 함께 소실봉 주변의 산봉들을 중심으로 탐색을 계속하던 중 기이한 움직임을 발견했다.

　주변의 산봉들로 보냈던 수색조 중 준극봉 방면으로 떠났던 자들이 돌아오지 않았다. 소실봉의 바로 옆에 있다는 점을 감안하면 매우 이상한 노릇이라 할 수 있겠다.

　우연?

　이런 경우엔 해당되지 않는다. 애초에 그런 가능성 따윈 생각하지 않는 편이 나았다.

　'준극봉 쪽으로 향했다는 건 굉장히 멀게 길을 돌아가겠다

는 뜻이다. 조금이라도 숭산에 대해 아는 자라면 택하지 않을
길이겠지만……'

냉염나찰 감요진.

대단한 미인이며 무공 또한 상당한 수준이었다.

하지만 쌍룡에 비교하자면 두어 수쯤 처지는데다 여인이
란 한계가 분명했다. 일부러 험하고 돌아가는 길인 준극봉 쪽
을 택했을 수도 있다는 생각이 들었다.

'그래도 아직 확실한 건 아니니, 두 대인에게 먼저 보고할
필요는 없을 것이다!'

내심 결정을 내린 보경이 휘하의 수색조 중 삼십 명을 차출
했다. 그들과 자신의 무공이라면 감요진을 사로잡는 데 충분
하단 판단이었다.

그래도 만의 하나란 게 있다.

그는 남은 칠십여 명을 소실봉에서 열심히 싸우고 있을 두
진양에게 보내며 단단히 명령을 내렸다.

"만약 내가 한 시진이 넘어도 돌아오지 않는다면 두 대인
을 모시고 준극봉으로 달려오도록 하시게!"

"존명!"

황천살검대가 군례와 함께 허리를 숙여 보였다. 얼마 전까
지 소림사의 일개 승려에 불과했던 보경을 대장군처럼 대하
고 있는 것이다.

'흠! 이런 맛에 권력을 잡으려 노력하는 것일 테지! 하지만

이건 단지 시작에 불과하다! 나 보경은 곧 천군만마를 거느리는 진짜 대장군이 될 테니까!'

내심 눈을 빛내 보인 보경이 얼른 준극봉으로 향했다. 그곳에서 자신을 기다리고 있을 가혹한 운명을 짐작조차 하지 못하고서.

*   *   *

감요진은 가슴을 가볍게 들썩거렸다.

숭산에서도 가장 높고 험하기로 이름 높은 준극봉이다.

그곳을 무작정 뛰어다니다 보니, 무공이 빼어난 그녀라 해도 숨이 가빠오지 않을 수 없었다. 이러느니 차라리 직접 수색조들을 공격하는 게 편할 것 같았다.

'게다가 이젠 더 이상 달릴 곳도 없잖아! 앞은 절벽이라구!'

그렇다.

그녀가 가슴을 들썩이며 걸음을 멈춘 건 앞이 깎아지른 듯한 절벽이었기 때문이다.

천 길?

그 이상은 족히 될 듯한 낭떠러지다.

진짜로 그녀는 한 발자국도 더 앞으로 뗄 수 없었다. 벌써 삶을 포기하고 싶진 않았으니까.

그런데 암울한 기색으로 절벽을 등지고 서 있는 감요진 앞에 갑자기 엽자건이 모습을 드러냈다.

혹시 따라다녔나?

감요진은 지나친 기대란 걸 대번에 눈치챘다. 엽자건의 손에 들려 있는 삼절마곤의 끝에 묻어 있는 붉은 자국을 발견한 까닭이다.

"…벌써 끝낸 거예요?"

"한 놈만 빼고."

"일부러 보낸 건가요?"

"그래."

엽자건이 대답과 함께 한 걸음을 풀쩍 뛰어 감요진의 바로 코앞에까지 이르렀다.

거진 숨결이 닿을 듯한 거리.

조금 당황한 감요진의 목소리가 가벼운 떨림을 보였다.

"왜 그러죠?"

"수고했어. 잠시 쉬고 있으라구."

"……."

엽자건이 양손으로 감요진의 어깨를 눌러 바닥에 앉혔다. 그리 큰 힘을 준 것도 아닌데 감요진은 버틸 수가 없었다. 마치 연체동물이 된 것처럼 다리에서 힘이 쏘옥 빠져버렸다.

싱긋.

그런 감요진을 향해 미소 지은 엽자건이 신형을 돌렸다.

천 길 낭떠러지를 등진 위치.

준극봉으로 오르는 길목이 한눈에 보인다. 다만 세수경 덕분에 심안통에 가까운 초인적인 시력을 얻게 된 엽자건에게만 허락된 일이었다.

"과연 그 자식이었군."

"누굴 말하는 거죠?"

"소림사를 배신한 개자식!"

'보경!'

감요진은 비로소 엽자건의 내심을 짐작할 수 있었다. 그는 소림사의 배신자인 보경을 떠나기 전에 준극봉에서 처단하기로 마음먹었음이 분명하다.

"하나, 둘, 셋…… 대충 서른 명쯤 되겠군. 본래 비열한 자식이라 혼자 오지 않을 것 같긴 했었지."

"이번엔 어떻게 해야 하죠?"

"쉬어."

"예?"

"쉬고 있으라구. 저 개자식은 내 손으로 처리할 참이니까."

"그래도……."

"정 마음에 걸리면 응원해 줘. 내가 아니라 소림승들과 개방도들을 말야. 너 때문에 지금쯤 장난 아니게 고생들 하고 있을 테니까.”

‘말도 안 돼! 나 때문이라니! 자기 때문이면서……’

감요진은 속으로만 소리쳤다.

싸우러 가는 남자!

도움을 주지 못한다면 환한 미소로 배웅을 함이 옳다. 적어도 그 사람이 마음에 품은 정인이라면.

사락!

황금 면사를 벗은 감요진이 엽자건을 향해 더할 나위 없이 아름다운 미소를 던졌다. 그리고 말한다.

“싫어요. 나는 자건을 응원할 거예요. 지금도 그렇고 앞으로도 영원히.”

“……”

엽자건이 뒤통수를 긁적였다. 문득 부끄러워졌기 때문이다.

＊　　　＊　　　＊

종경의 두 눈에서 불꽃이 일어났다.

소림사의 최정예라 할 수 있는 나한당의 제자들은 맹렬한 투기를 뿜어내며 서 있었다. 당장에라도 수중의 금강곤을 휘두르며 앞으로 돌진할 것 같은 태세다.

그러나 종경은 여전히 수중의 제미곤을 바닥에 꽂은 채 미동조차 하지 않고 있었다. 방금 전 그의 눈앞에서 세 명이나 되는 이십팔불자가 사지가 찢겨 죽었으나 외눈 하나 꿈쩍하지 않았다.

비정?

그런 것치곤 얼굴에 흘러넘치는 비감이 진하디진하다.

전신에서 흘러넘치고 있는 무형의 투기 역시 폭풍을 방불케 한다. 당장에라도 뛰쳐나가서 눈앞에 도열해 있는 한 떼의 도적들을 모조리 도륙해 버릴 것 같다.

아니다.

종경의 심사는 오히려 차갑게 가라앉아 있었다.

폭풍의 눈이랄까?

그는 맹렬한 투기를 일으켜 족히 수백이 넘어 보이는 황천살검대를 압도한 채 허실을 살폈다.

정예!

그것도 일반적인 무림 세력이 아니라 국가 단위에서 차출되고 키워진 군병들임을 한눈에 알아볼 수 있었다. 어쩌면 전날 소림사에 독을 풀고 난동을 부렸던 자들과 동류일지도 모르겠다.

그렇다면 난전은 금물이었다.

무림인의 특기는 일대일 대결이다.

개개인의 무력이 뛰어난 대신 군문의 집단전에는 상당한 약점을 드러내곤 했다. 그렇게 많은 숫자의 합공이나 집단전

법을 상대로 목숨을 걸고 싸워본 자가 극히 드물었기 때문이
다.

그건 소림사의 나한승들 역시 마찬가지였다.

종경이 손수 키운 나한승들은 일반적인 무림인보다 월등
한 집단전 수행 능력이 있었다. 무공 역시 뛰어났다. 개개인
이 일류 이상의 수준이었다.

하지만 살계를 어겨본 자들이 있던가?

불문인 소림사의 제자로서 집단전술과 위대한 무공을 연
마할 순 있었으나 사람을 죽여본 자는 거의 없었다. 진짜 정
예의 군병들과의 결정적인 차이였다.

게다가 난전이 벌어질 경우 장문 방장인 종아 선사의 명
령을 거역하는 셈이 된다. 그들이 직접적으로 소림사로 공
격해 들어오지 않은 이상 손을 쓸 수 없는 상황이란 뜻이
다.

'그래서 처음부터 무력시위만을 염두에 두고 산문을 나섰
거늘……'

종경은 현 상황이 이해가지 않았다.

감요진을 수행하던 이십팔불자의 등장. 그들을 추격해 온
황천살검대와의 직접적인 대면.

모두 이치상 맞지 않았다. 마치 누군가의 농간에 휘둘리고
있는 것같이.

'가만! 그러고 보니 자건, 그 아이를 가르친 사람은 보종이

었잖은가!

보종.

곤왕 유대유를 쫓아 전장을 떠돌 때도 종종 종경을 경악시키곤 했다. 불제자로선 결코 상상조차 할 수 없는 전법으로 전세를 뒤엎거나 사중생로(死中生路)를 찾곤 했었다.

그런 보종의 애제자가 엽자건일지니!

잠시 잠깐 만에 엽자건에게 자신과 적들 모두가 당했다는 걸 간파해 낸 종경의 입술꼬리가 슬며시 치켜올라 갔다.

당했어도 괜찮다.

마음이 크게 유쾌해졌다.

두진양은 눈살을 가볍게 찌푸렸다.

그의 눈앞에서 맹렬한 투기를 뿜어내고 있는 오십대가량의 승려!

첫대면이나 대번에 누군지 알겠다.

항마불장 종경!

나한당의 수좌이자 소림사를 대표하는 최강의 무승이다.

당연히 두진양은 황천기주의 명으로 소림행에 나서는 순간부터 그와의 대결을 염두에 두고 있었다. 당대 최강에 근접한 무인과 자신의 무(武)를 견줘보고 전날 보종에게 처절한 패배를 당한 복수 역시 하고 싶었던 거다.

'황천기주님이 내주신 이혼채양미심귀공(離婚採陽未審鬼功)으로 인해 내 무공은 더욱 강해졌다. 전날 음혼채화진기를 잃어버린 것이 오히려 전화위복(轉禍爲福)이 된 셈이야. 하지만 과연 항마불장은 명불허전이구나! 투기만으로 내 이혼채양미심귀공을 억누를 수 있으니…….'

이혼채양미심귀공!

본래 두진양이 익히고 있던 음혼채화진기보다 족히 두 단계는 위인 색공이었다. 그 공효는 놀라워서 보종의 마곤에 양구와 단전이 몽땅 박살난 두진양을 기적적으로 회생시켰다. 망가진 내공과 단전을 되살려놓은 거다.

하지만 되살려진 건 무공과 내공뿐이었다.

한 번 망가진 양구는 회복이 불가능했다.

고자!

천하제일의 색마를 자처하던 두진양은 결코 받아들일 수 없는 치욕을 감내해야만 했다. 더 이상 여인을 품에 안을 수 없는 몸이 된 까닭이다. 그로선 인생의 낙이 완전히 사라져버린 것이나 다름없었다.

생각만으로도 그날의 고통이 되살아난다.

마치 환지통처럼 샘솟는 참담한 하부 깊숙한 곳의 아픔에 두진양의 눈살이 더욱 찌푸려졌다. 당장 비명이라도 지르고 싶을 정도다.

그는 어금니를 깨물었다.

눈앞에 종경이 폭풍 같은 투기를 일으키고 있다.

그에게 압박당하고 있는 이혼채양미심귀공의 마기를 어떻게든 온전히 보전해야만 했다. 약세를 보여서도 안 됐다.

'그런데 보경, 이 쓸모없는 녀석은 어디서 뭘 하고 있는 거야! 날 항마불장 종경과 대치하게 만들어놓고서!'

불만의 화살이 부장으로 삼은 보경에게 향해졌다.

그럴 수밖에 없다.

그는 숭산 일대 지리에 밝은 보경의 말대로 하루를 꼬박 척후와 정탐조를 운용했다. 어떻게든 냉고성이나 부탄보다 먼저 감요진을 찾기 위함이었다.

그런데 그 결과가 하필이면 종경과의 대면이라니!

그의 무시무시한 면모를 접하고 보니, 보경에 대한 분노가 머리끝까지 치밀어 올랐다. 보종에게 패한 복수를 하기는커녕 자칫 일세의 영명이 오늘 끝나 버릴지도 모르겠다는 위기감을 느낀 까닭이다.

그래서 그는 이십팔불자 중 십여 명을 참살한 걸 전혀 개의치 않았다. 위로가 되지 않는다. 종경과 대면한 후 그들이 감요진의 미끼 노릇을 했음을 짐작할 수 있었다.

그때 마치 두진양의 그 같은 내심을 간파라도 한 듯 보경이 끌고 갔던 수색조의 일부가 돌아왔다.

대충 칠십여 명쯤 되려나?

개중 최선두에서 무리를 이끌던 백인장 한 명이 날 듯이 달려와 두진양에게 허리를 조아려 보였다.

"두 대인께 보고 올리겠습니다!"

"보경은?"

"보경 대인은 준극봉 쪽 수색에 나섰습니다."

"이유는?"

"그쪽으로 떠났던 수색조가 복귀하지 않았기 때문입니다. 한 시진이 지나도 돌아오지 않거든 두 대인을 모시고 오라 명하셨습니다."

"……"

두진양의 미간 사이에 골이 패었다. 보경이 그 같은 말을 남긴 까닭이 대충 짐작 갔기 때문이다.

'근데 어떻게 이곳에서 빠져나가지? 자칫 등을 내보이다가 뒤치기를 당한다면 피해가 막심할 텐데……'

퇴각.

본래 어렵다. 특히 이번처럼 호랑이 같은 강적을 앞에 두고서는 더욱 그러하다. 그래서 후위를 든든히 하는 걸 병법에서도 크게 중요시한다.

그 같은 고심에 두진양이 빠져 있을 무렵이었다.

소실봉과 태실봉의 중간 지대.

좁은 협곡 모양을 이루고 있는 지대에선 두 개 세력이 치열한 난전을 벌이고 있었다.

　　　　　*　　　　*　　　　*

　"푸헐헐! 이 똥물에 튀겨 죽일 놈! 감히 천하에서 가장 불쌍한 본 방의 거지들을 건드렸으렸다! 이 노개가 당장 네놈을 염왕전 앞으로 보내 버릴 테다!"

　"미친 거지새끼가!"

　냉고성은 얼굴이 평소보다 두 배쯤 하얗게 질린 채 가쁜 숨을 연신 몰아쉬었다.

　그의 손에 들린 만리지도.

　잔혹심살도법의 최절초를 연달아 쏟아냈음에도 천지를 뒤덮은 청죽봉에 완전히 기세를 잃고 있다.

　장병의 이점?

　그런 건 전혀 없었다.

　평상시와 달리 잔뜩 성이 난 철담협개의 타구봉법은 무서웠다. 아예 인정사정 보지 않고 냉고성을 사지로 몰아넣고 있었다. 만약 황천살검대의 두 백인장을 희생시키지 않았다면 벌써 청죽봉에 머리가 박살나도 대여섯 번은 박살났을 터였다.

　'망할 부탄 녀석! 어째서 이렇게 늦는 거냐! 이러다 내가 먼저 죽겠다!'

　냉고성 역시 아무런 생각 없이 이런 좁은 협곡에 들어왔을 리 없다.

그는 이십팔불자의 흔적을 쫓던 중 협곡을 발견하고 미리 부탄과 협정을 맺었다. 자신이 협곡으로 들어간 사이 부탄이 산길을 따라 이동해 반대편에서 만나기로 한 게 바로 그것이다.

독 안에 든 쥐!

감요진의 처지가 그와 같다고 생각했다.

그런데 놀랍게도 협곡 쪽에는 무수히 많은 개방도들로 득시글거리고 있었다. 철담협개가 숭산 일대에 집결한 개방도들 중 한 무리를 직접 인솔해서 소실봉으로 향하고 있던 중이었던 까닭이다.

원수상견(怨讐相見)!

대화가 필요할 리 없다.

즉시 협곡을 난장판으로 만드는 싸움이 벌어졌고, 냉고성은 완전히 궁지에 몰려 버렸다. 애초부터 그와 철담협개 간에는 상당한 무공의 격차가 있었다. 도망칠 곳도 없는 협곡에서의 싸움은 절대적으로 불리할 수밖에 없었다.

하지만 곤혹스럽긴 철담협개 역시 마찬가지였다.

그가 인솔한 개방도.

손녀이자 총순찰인 이가흔과 함께한 거지들과 달리 무공이 꽤나 떨어지는 자들이다. 혹시나 하는 마음에 전력이 될 만한 자들은 죄다 이가흔에게 딸려서 소실봉으로 이동시킨 까닭이다.

반면 냉고성이 데리고 있는 자들!

한눈에 보기에도 군문의 집단전에 익숙한 정예병이다. 다행히 좁은 협곡 안쪽에서 만난지라 난전을 피할 수 있었으나 만약 싸움터가 바뀐다면 엄청난 피해를 감수해야만 할 터였다. 자칫 숭산 일대가 거지들의 사체로 뒤덮여 버릴지도 몰랐다.

'반드시 이 협곡 안에서 싸움을 끝내야 한다! 저놈들이 진(陣)을 짜서 거지들을 공격하게끔 놔둬선 안 돼!'

철담협개가 눈을 번뜩였다.

평상시와 달리 살심이 크게 동하자 수중의 청죽봉의 변화가 더욱 극심해졌다. 곁에서 합공하던 두 명의 백인장을 잃은 냉고성의 만리지도가 더욱 크게 힘을 잃어갔다.

그렇게 막 냉고성이 일패도지 직전에 이르렀을 때였다.

갑자기 철담협개의 노안이 크게 일그러졌다.

뒤편에서 들려오기 시작한 처절한 비명성!

철담협개의 뒤에 서서 열심히 응원가를 부르고 있던 개방도들이 짚단 쓰러지듯 무너져 내렸다.

거의 숨넘어가기 직전이던 냉고성의 얼굴에 희색이 떠올랐음은 물론이었다.

"철담협개! 네 패배다!"

"……"

철담협개가 눈살을 찌푸렸다. 냉고성의 희색 어린 표정을 보고 자신의 짐작이 맞다는 걸 눈치챈 까닭이다.

'협곡에 갇힌 채 협공을 당하게 되었구나! 그러니 이 일을 어쩐다? 아무래도 오늘 많은 거지들이 이 협곡에서 생(生)을 달리하게 생겼구나!'

내심 한탄한 철담협개가 다시 수중의 청죽봉을 단단히 쥐었다.

뒤치기를 당했다.

이런 때 함부로 반전을 꾀하려다간 몰살을 당한다.

신경 써야 할 건 정면.

바로 한숨을 돌린 듯 보이는 냉고성이었다. 그를 죽이고 전속으로 협곡을 빠져나간다. 뒤에 처진 개방도들은 버릴 수밖에 없었다, 전멸을 면하려면.

비분함으로 인해 철담협개가 안색을 딱딱하게 굳혔다.

그리고 막 전속 질주를 명하려 할 때였다.

뒤에서 들려오던 소리의 종류가 바뀌었다. 개방도들의 비명이 현저히 줄더니, 격렬한 환호성이 터져 나왔다.

"두주불사다!"

"두주불사 총순찰이 원군과 함께 왔다아!"

"두주불사?"

철담협개가 얼른 시선을 뒤로 던졌다. 그러자 그곳에서는 개방도들을 뒤치기한 무리를 다시 뒤치기한 이가흔과 개방 고수들이 치열한 공방전을 벌이고 있었다.

덕분에 숨통이 트인 개방도들!

그들은 얼른 부상자들을 진중으로 끌어들이곤 철담협개에게 그러했듯 다시 요란스레 응원을 해댔다. 그 중심에 개방 고수들과 함께 부탄을 합공하고 있는 이가흔이 있었음은 물론이다.

"두! 주! 불! 사!"

"두! 주! 불! 사!"

아예 구령까지 맞춘 응원가에 철담협개가 다시 인상을 찌푸렸다.

"누가 두주불사야! 이 거지놈들아! 개방옥녀란 말이다! 개방옥녀!"

"……."

"어딜 내빼려는 게냐!"

냉고성이 개방도들에게 철담협개가 고래고래 소리를 질러대는 사이 도주하려다 딱 걸렸다. 제법 부탄과 제대로 된 싸움을 벌이고 있는 이가흔을 보고 얼른 냉고성을 처리해야겠다고 생각한 거다.

패앵!

만리지도에 심살기를 담은 채 냉고성이 있는 대로 살기를 발산시켰다.

오늘.

운수가 크게 불길하단 생각이 들었다.

이가흔은 세 명의 타주와 함께 공격하며 크게 놀라고 있었다.

쌍룡.

서장에서 제법 유명하다고 들었다.

하지만 워낙 중원과는 멀리 떨어져 있었던 터라 이가흔은 그 잔혹한 명성을 반신반의(半信半疑)하고 있었다.

하물며 포달랍궁의 무공 자체가 중원에선 신비, 그 자체였다.

완전히 다른 무공의 체계!

어떠한 선입견도 없이 공격에 나설 수밖에 없었고, 지금 오금이 저릴 정도로 압박을 당하고 말았다. 만약 처음부터 세 명의 타주와 합공에 나서지 않았다면 몇 초식을 나누기도 전에 목숨을 잃어버렸을지도 모르겠다.

'이 검둥이 자식! 뭐 이렇게 강해! 네 명이서 연수합격을 하는데도 전혀 밀리질 않잖아!'

이가흔은 간신히 버티고 있는 자신과 세 명의 타주 상태를 속마음에서조차 미화했다. 그렇게라도 생각하지 않고선 현 상황이 너무 비참했다.

엽자건과 헤어지고 얼마 지나지 않았을 때였다.

그녀는 자신의 품속에서 돌돌 말려진 종이 조각 하나를 발견했다.

연서(戀書)?

살짝 가슴이 뛰지 않았다면 거짓말일 터였다.

목석같이 굴던 엽자건이 아예 자신에게 관심이 없었던 건 아니라는 생각 역시 들었다.

착각이었다.

종이 조각은 연서가 아니라 지령서였다, 어떠한 일이 벌어져도 반드시 철담협개 방주의 배후를 지키라는.

'결국 그 자식은 이런 상황이 야기되리라는 걸 처음부터 알고 있었다는 뜻이야! 어떻게 그럴 수가 있었던 걸까?

이가흔은 엽자건을 떠올리며 내심 한숨을 내쉬었다.

고작 하루가 지났을 뿐이다.

그런데 그가 보고 싶었다. 툭하면 짓궂은 장난을 치고 싱글거리던 미소가 무척이나 그리웠다.

"총순찰, 조심하시오!"

"크헉!"

잠시 이가흔이 딴생각에 빠져 있는 새 부탄의 날카로운 장공이 날아들었다. 그녀가 연수합공의 중심임을 알고 공격을 집중시킨 거다.

그 장공을 받아낸 건 주개와 운풍개(雲風丐)였다.

뭇 타주들 중에서도 무공이 고강하기로 이름난 고수들.

하지만 부탄의 만겁청절환락신공은 포달랍궁에서도 상위에 속하는 절학이었다.

일시 주개의 안색이 대취한 듯 붉게 물들었고, 운풍개의 한 손이 탈골되어 축 늘어졌다. 이가흔을 노렸던 장공의 위력이 어떠했는지를 알 수 있는 결과였다.

"이 개자식이!"

"……."

이가흔이 교갈을 터뜨리자 부탄이 음흉하게 미소 지었다.

연수합공의 한 축을 방금 전에 깨뜨렸다.

중심이라 할 수 있는 이가흔이 이성을 잃는다면 더할 나위 없이 좋다. 금상첨화(錦上添花)였다.

'이 싸움, 곧 끝나겠군. 이 못생긴 계집이 곧 얼굴이 뭉개 진 후 바닥에 쓰러질 테니까.'

예쁜 여인.

그에겐 증오심을 북돋는 존재에 불과하다.

특히 자신이 마음에 둔 사내의 곁을 얼쩡거리는 여인이라 면 더더욱 그러했다.

낼름.

엽자건의 잘생긴 얼굴을 떠올리며 혀로 입술을 훔친 부탄 이 만겹청절환락신공을 끌어올렸다. 이제 슬슬 싸움의 끝을 볼 때가 되었다는 판단이었다.

*　　　*　　　*

달마원.

소실봉을 중심으로 한 숭산 전역이 전장이나 다름없는 싸움터로 변했으나 이곳의 풍경은 변함이 없었다.

무료할 정도의 고요함.

특히 근래에야 기적적으로 의식을 회복한 보종이 누워 있는 방에는 노곤함만이 흘러넘치고 있었다.

아예 딴 세상이랄까?

그런 방 안으로 근엄한 자태의 노승이 들어섰다. 지난 수개월간 보종을 역근내경으로 치료해 온 종아 선사였다.

이미 종아 선사의 그 같은 노력을 전해 들은 바 있는 보종이 억지로 자리에서 일어났다. 예를 표하기 위함이었다.

"됐네!"

종아 선사가 빨랐다.

그가 손을 뻗어내자 한줄기 웅혼한 진기가 뻗어와 보종의 몸을 도로 바닥에 앉혔다.

과거의 보종이었다면 어림없을 일!

어거지로 바닥에 가부좌를 틀고 앉은 보종이 고개만 정중하게 숙여 보였다.

"파문제자 보종이 삼가 장문 사숙조님을 뵙습니다!"

"스스로를 파문제자라 칭하면서 어찌 나를 사숙조라 부르는 건가?"

"소림에서는 보종을 파문했지만, 보종의 마음속엔 아직 소림이 자리 잡고 있기 때문입니다."

"선재! 선재! 보종이 드디어 마음속에 수미산(須彌山)을 두었음이로구나!"

'수미산은 무슨! 그냥 소림사에서 날 파문시킨 걸 개의치 않을 뿐인 것을…….'

보종은 종아 선사가 여전하단 생각이 들었다.

그때 보종의 앞에 자리 잡고 앉은 종아 선사가 다시 손을 뻗어 그의 전신을 꼼꼼히 살피곤 미미하게 고개를 끄덕여 보였다. 몸속에 더 이상 독기가 남아 있지 않음을 확인한 거다.

"내 믿음을 가질 수 없었건만, 진실로 독상이 완전히 치료되었구나!"

"장문 사숙조님께서 크게 힘을 쓰셨다고 들었습니다."

"그렇지 않네. 무진 사숙께서 이루지 못한 일을 어찌 내 작은 재주로 감당할 수 있었겠는가? 이는 필시 불법의 가호가 있었음일 것일세."

"부, 불법의 가호……."

"그렇네. 대자대비(大慈大悲)하신 불존께서 아직 보종, 자네를 쓰실 일이 남았다고 생각하신 게 아니겠는가?"

"……."

보종이 입을 다물었다.

이런 식으로 나올 때의 종아 선사는 결코 건드려선 안 된다는 걸 알고 있었기 때문이다.

과연 종아 선사는 이후로도 불법의 위대함과 불존의 은혜에 대해 무수히 많은 말을 쏟아냈다. 완전히 물을 만난 고기나 다름없었다.

그렇게 보종의 정신적 피로도가 극에 이르렀을 때였다.

종아 선사가 마치 대수롭지 않은 듯 숭산에서 벌어지고 있는 싸움에 관해 언급했다. 종경이 이번에도 자신의 말을 듣지 않고 사고를 쳤다는 불평 역시 잊지 않는다.

보종이 결국 침묵을 깼다.

"그럼 종경 사숙은 지금 홀로 소림사를 지키고 있는 겁니까?"

"나한당의 제자들과 함께 야외수련을 나갔을 뿐이라네."

"야외수련이오?"

"내게 그리 말했으니 그런 것일 테지. 하지만 내 어찌 소림사의 장문으로서 숭산이 피에 물드는 걸 두고볼 수 있었겠는가?"

"그럼……."

"내 이런 일이 있을 것 같아서 수일 전 하남성의 도지휘사사에 기별을 넣어놓았다네. 마침 그곳에서 군무를 보는 게 소림속가의 제자라 일이 아주 쉬웠어."

"예? 설마 그럼 관군을 숭산으로 부르신 겁니까?"

"왜 아니겠는가? 지금쯤 도지휘사사의 대병이 숭산을 향해 달려오고 있을 것일세. 후금의 세력이 국경을 넘어왔으니 절대 방관할 수 없는 일이 아니겠는가?"

"……."

보종은 다시 입을 다물었다.

눈앞의 종아 선사가 소림사의 역대 장문 방장들 중에서도 가장 불법무상을 숭앙하는 사람임을 다시 한 번 깨닫는 순간이었다. 또한 다른 한편으론 놀라운 발상의 전환이란 생각도 들었다.

다소 방법이 그렇긴 하나 이로써 소림사는 포달랍궁의 추궁을 피하면서 후금의 세력을 숭산에서 몰아낼 수 있게 되었다. 아무런 피해도 보지 않고 말이다.

―비전비승(非戰非勝)!

상승불패보다 어쩌면 더욱 어렵고 높은 경지의 병법이라 할 수 있었다.

물론 종아 선사가 진짜 그런 지고의 병법을 알고 수행한 건지는 모르겠다. 하지만 이번 일만 놓고 보자면 결코 그를 탓할 순 없다는 생각이 들었다. 어떠한 이유를 대더라도 사람의 목숨을 살리는 것보다 나은 건 없으니까.

'그나저나 그런 대병이 몰려오면 자건이가 숭산을 탈출하기가 더욱 어려워질 수도 있을 터인데…….'

제자를 사지로 몰아넣은 비정한 사부?

전혀 사실이 아니다.

보종은 제자 엽자건을 믿었기에 이번 임무를 맡게 했다. 자 칫 소림사에 갇혀서 그의 자유로운 무공 체계가 망가져 버릴 것을 염려한 까닭이었다.

'서장행이라! 이번 여행에서 근석, 예쁜 처자라도 하나 낚 아챌 수 있으면 좋으련만.'

엽자건을 떠올리며 보종이 입가에 미소를 띠었다. 어느새 종아 선사의 정신을 혼미하게 만드는 불법 강론이 다시 이어 졌으나 더 이상 크게 거슬리지 않았다.

*　　　*　　　*

"늦었잖아!"

"헛!"

보경은 느닷없이 눈앞에서 솟아오른 엽자건을 보고 대경 실색했다.

준극봉으로 오르던 상황.

숭산에서 가장 높은 봉우리답게 길이 꽤나 가팔랐다. 겨울 이라 눈이 쌓인 탓에 움직임에 제약 역시 따랐다.

그런데 갑자기 엽자건이 나타났다.

전혀 기척도 없이.

크게 놀란 상황에서도 보경은 과거 십팔나한에 속했던 고수답게 철벽같은 방어에 들어갔다. 일단 기습적인 공격을 막아낸 후 반격에 나서려는 심산이었다.

그러나 그때 이미 엽자건은 그의 곁을 떠나가고 있었다. 애초부터 그가 주된 목표가 아니었던 거다.

빡! 빠박!

삼절마곤이 번뜩인 순간 보경을 가장 곁에서 따르고 있던 두 명의 수색조가 바닥에 주저앉았다. 이미 쇄골과 다리뼈가 박살나 버렸다.

"이놈이!"

보경이 대노해 소리쳤다.

그의 손에서 어느새 맹렬한 장력이 쏟아져 나왔다. 대력금강장이다.

스르륵!

엽자건에겐 귓가를 스쳐 가는 바람에 불과했다. 어느새 금강부동보의 부동무상을 펼쳐 대력금강장을 피해 버렸다.

더불어 다시 움직인 삼절마곤!

빠박!

빠바바바박!

이번에는 무려 다섯 명이 바닥에 쓰러졌다. 비명조차 지르지 못하고 혼절해 버렸다. 역시 쇄골과 다리뼈 중 택일하여 박살이 난 상황.

"우우!"

"우우우우!"

남은 수색조에 큰 혼란이 일어났다.

신출귀몰한 엽자건에 의해 속절없이 불구가 되어 바닥을 나뒹구는 동료들을 보고 겁을 집어먹은 거다. 그들이 황천기주 휘하의 정예임을 생각하면 놀라운 결과였다.

엽자건이 다시 너댓 명을 바닥에 때려눕힌 후 지옥에서 막 뛰쳐나온 자와 같은 목소리로 소리쳤다.

"새끼들아! 이런 꼴이 되기 싫으면 당장 여기서 뛰어내려가!"

"웃기지 마라!"

보경이 다시 일성대갈을 터뜨리며 엽자건에게 달려들었다.

일조일장(一爪一掌)!

평생의 절학인 용조수와 대력금강장을 동시에 펼쳤다. 다시 엽자건이 금강부동보로 피하는 걸 막기 위함이었다.

난무하는 조영!

더불어 숨막힐 정도로 맹렬한 장력이 포함되었다.

당장 엽자건의 몸을 산산조각 낼 것만 같았다. 일순간이나마 모두 그리 생각했다.

근데 바로 그때였다.

엽자건이 아무렇게나 늘어뜨리고 있던 삼절마곤으로 바람

같이 보경을 찔러 들어갔다.

　―천사 일로 무정세!

　무쌍의 빠르기를 지닌 일격이 삽시간에 용조수와 대력금
강장을 박살냈다. 그리고 회전!
　콰득!
　보경의 하단전에 틀어박힌 삼절마곤이 맹렬한 회전을
보였다. 호신강기조차 파괴해 버릴 만한 일격이 가해진 거
다.
　"쿠어어어어억!"
　보경의 입에서 괴로움에 찬 비명이 터져 나왔다.
　단전 폐쇄!
　더불어 다시 움직임을 보인 삼절마곤이 쇄골 위로 떨어져
내렸다.
　빠박!
　보경이 입에 게거품을 문 채 바닥으로 무너져 내렸다. 그가
이끌고 왔던 수색조와 마찬가지로.
　"마지막으로 말한다! 새끼들아! 이런 꼴이 되기 싫으면 당
장 뛰어내려 가!"
　"……."
　십여 명 남짓 남은 수색조가 뒤도 돌아보지 않고 준극봉을

뛰어내려 갔다.

사신(死神)!

그들의 눈에 비친 엽자건의 모습이었다.

주(註)

*수미산:불교의 우주관에서 우주의 중심을 이루는 거대한 산. 구사론(俱舍論)에 의하면 세계는 거대한 원통 모양의 풍륜(風輪), 수륜(水輪), 금륜(金輪)으로 떠받쳐져 있고, 금륜 위의 대양에는 다시 9산(九山)과 8해(八海)가 있다. 대양의 중심부에 16만 유순(1유순은 약 7km)의 높이로 솟아 그중 8만 유순은 물속에 잠겨 있다. 정상에는 제석천의 궁전이 있고 중턱에는 사천왕의 거처가 있다. 수미산을 일곱 개의 향수 바다와 금산이 둘러싸고 있으며, 이 외측의 사방에 인간이 사는 섬부주(贍部洲), 승신주(勝身洲), 우화주(牛貨洲), 구로주(瞿盧洲) 등의 4대주가 있다. 섬부주 밑은 8한(八寒) 8열(八熱)의 지옥이며 대양의 외곽을 둘러싼 것이 대철위산(大鐵圍山)이다. 하나의 수미산을 정점으로 하는 이것이 세계의 기본 단위인 1[小]세계이며, 둘레를 맴도는 태양과 달이 여기에 포함된다. 보통 4대주, 태양, 달, 수미산, 6욕천, 범천(梵天)을 모두 포함하여 1세계로 친다.

第二十八章

재견남녀(再見男女)

少林棍王

소림곤왕

두두두두두!

"우와아아아!"

지축이 뒤집어진다. 족히 수천이 넘는 병마가 달려오고 있었기 때문이다.

더불어 자욱하게 일어난 황색 먼지구름!

족히 수십 리 밖까지 그 웅장한 모습을 보여줄 듯싶다.

"헤에!"

엽자건은 나직한 감탄과 함께 얼른 감요진을 관도의 한켠으로 끌고 갔다.

그리고 어느새 그녀와 함께 바닥에 납작 엎드린다.

족히 수백 리를 달려온 군대의 행군에 절대로 걸리적거리지 않기 위함이었다.

그렇게 군대가 지나갔다.

그러고도 한참 동안 바닥에 엎드려서 황색 먼지구름이 걷히기를 기다리고 있었다.

조금 지나친 신중함?

엽자건은 전혀 개의치 않고 조금 더 시간을 끈 후 주변을 살피며 자리에서 일어났다.

탁탁!

몸에 잔뜩 달라붙은 먼지를 터는 모습이 한가롭다. 방금 전에 보인 비굴함이 전혀 부끄럽지 않은 듯하다.

감요진이 역시 먼지를 털어내며 이맛살을 찌푸려 보였다.

"이상한 사람……."

"뭐가 이상하지?"

"본래 무림인은 자부심이 무척 강해서 관부를 백안시(白眼視)하잖아요? 웬만한 고위 관료라 해도 개의치 않고."

"평상시엔 나도 그래."

"평상시엔?"

"그래. 평상시 관부의 고위 관료라는 건 그다지 신경 쓸 만한 존재가 아니잖아. 이 드넓은 천하에서 다시 만날 수 있을지 없을지도 모르고 말야."

"그럼 방금 전엔 그 평상시란 게 아니었나 보지요?"

"아니지. 방금 전에 만난 그 녀석들은 수천 명이 한꺼번에 움직이는 군대니까."

"군대는 위험하니까 피한다?"

"물론. 게다가 저놈들은 숭산을 목표로 움직이고 있었어. 다행스럽게도 소림사나 개방에 제법 머리를 쓸 줄 아는 사람이 있다는 뜻이겠지."

"소림사나 개방에서 후금의 세력을 몰아내기 위해서 군대를 숭산으로 불러들였다는 건가요?"

"그거야말로 피를 흘리지 않고 싸움을 끝낼 수 있는 가장 좋은 방법이잖아? 안 그런가?"

"역시 이상해……."

감요진이 다시 이맛살을 찌푸려 보이곤 입을 다물었다. 그 이상한 사람에게 전적으로 의지해 숭산을 빠져나온 게 바로 자신이란 생각이 든 까닭이다.

싱긋.

엽자건이 미소를 던지고 감요진을 재촉했다. 다시 움직일 때가 된 거다.

"이동하자. 곧 날이 어두워질 테니, 그전에 야영할 곳을 찾아야 해."

"또 야영이에요?"

"말했을 텐데? 내가 보표가 된 이상 편한 여행길은 되지 못할 거라구."

"……."

감요진이 도톰한 입술을 삐죽 내밀어 보였다. 남장을 한 대신 황금 면사를 벗어서 성숙하고 귀여운 매력이 여지없이 드러난다.

십 일 후.

엽자건이 싱글거리며 감요진에게 왔다.

"고생 끝이야!"

"고생 끝?"

"운 좋게 사천으로 떠나는 상단에 취직했거든."

"상단에 보표로 들어간 거예요?"

"아니."

"그럼요?"

"물건을 나르고 수레를 끄는 쟁자수야. 마침 딱 두 명만 뽑기에 얼른 내 능력을 보여줬지."

"쟁자수 하는 데도 능력이 필요해요?"

"아무렴."

엽자건이 어깨를 으쓱하며 양팔에 알통을 만들어 보였다. 아마 힘깨나 써 보인 모양이다.

감요진이 고운 아미를 찡그려 보였다.

"상단에 숨어서 사천까지 가는 건 그렇다 쳐도 어째서 쟁자수를 해야 하는 거죠?"

"그게 자연스러우니까."

엽자건은 사천행까지 두 당 은자 다섯 냥에 숙식 제공의 약속을 받은 애기는 쏙 뺐다. 그런 애기를 들으면 감요진이 당장 선량한 사람들을 털어서 은자를 한 보따리 들고 올 게 뻔했기 때문이다.

'뭐, 나도 돈은 좋아 하지만 강도는 되고 싶지 않다구! 흔적을 남길 수 없으니, 공연을 할 여건도 안 되고 말야!'

내심 중얼거린 엽자건이 예쁜 얼굴에 불만이 가득한 감요진을 잡아끌고 약속한 상단으로 향했다.

사천!

사부 보종과 함께 중원 천하를 좁다고 주유했던 엽자건이나 단 한 번도 가본 적이 없는 땅이다. 적당한 상단을 찾아서 쟁자수 노릇을 할 수 밖에 없는 이유 중 하나였다.

*   *   *

소림사.

방장실에 종아 선사와 철담협개, 관모를 머리에 쓴 오십대 전후의 관리가 앉아 있었다.

종아 선사가 근엄하게 불호를 외웠다.

"아미타불! 모든 것이 불존의 가호라! 한때 몰아닥쳤던 마풍(魔風)이 사라지니, 참으로 다행이외다! 그리고 정말 이번에 고생이 많으셨소이다, 황 총병관(總兵官)."

총병관!

지방의 군정을 담당하는 최고 직위의 관직이다. 예하에 협수부총병 한 명, 분수참장 일곱 명, 연병유격장군(練兵游擊將軍) 한 명, 그리고 수비 다섯 명, 좌영군관(左營軍官) 다섯 명 및 파총(把總) 네 명을 두고 있다.

평상시 성성(省城)에 주둔해 있는데, 도사(都司)를 대신한 지방의 최고 군사장관(軍事長官)이나 놀랍게도 문관 출신이었다. 반란을 걱정한 중앙 정부가 무관에게 군권을 넘기지 않으려 한 까닭이었다.

그러나 하남성의 총병관인 황유적은 일반적인 문관이 아니었다.

소림사 속가에 속한 삼십육방 출신.

직계제자는 아니나 속가 중에선 천하에 꽤나 이름 높은 고수로 후일 불산 무영각(無影脚)의 시조가 되는 인물이었다.

그가 얼른 겸양의 표정을 지어 보였다.

"제가 병마와 함께 도착했을 때 이미 적도들은 숭산에서 내뺀 지 오래였습니다. 군사를 일으키는 데 너무 시일을 끌어서 소림사에 아무런 도움을 드리지 못하게 되었을까 걱정일 뿐입니다."

"아니외다! 그런 게 아니외다! 황 총병관이 수천의 병마를 끌고 왔기에 마풍이 쉽사리 물러간 게 아니겠소이까? 그것만으로도 소림은 황 총병관의 도움을 크게 받은 셈이외다."

"그렇게까지 말씀하신다면야……."

황유적이 여전히 겸양의 표정을 유지하면서도 입가에 부드러운 미소를 떠올렸다. 사존뻘인 종아 선사가 연신 얼굴에 금칠을 해주자 묵직한 성품의 그로서도 기분이 좋아지는 걸 어찌할 수 없었다.

'잘들 논다! 잘들 놀아!'

내심 비꼬인 심정으로 두 사람의 대화를 지켜보고 있던 철담협개가 갑자기 엉덩이를 털고 일어섰다. 더 이상 서로가 서로를 치켜올려 주느라 바쁜 광경을 지켜보고 있다간 입 밖으로 낮에 먹었던 닭다리가 튀어나올 것 같았기 때문이다.

종아 선사가 말했다.

"이 방주, 벌써 가시려는가?"

철담협개가 입술을 삐죽이며 대답한다.

"왜? 여기 계속 앉아서 소림사 자랑과 불존 찬양하는 걸 듣고 있으라고?"

"허허, 알겠네. 그만 가시게."

"갈 거네! 한동안 우린 만나지 말도록 하세나."

"허허허허!"

철담협개의 다소 지나친 구박에도 종아 선사는 그저 사람좋게 웃기만 했다.

지난 십수일간 개방이 당한 피해!

절대로 소림사보다 못하지 않다. 애초의 예상보다 황유적의 병마가 늦게 도착한 탓도 있으나 적이 강한 게 주된 이유였다.

고수의 질이나 숫자 때문이 아니다.

오히려 고수들은 소림사나 개방 쪽에 훨씬 많았다.

다만 두진양과 냉고성이 이끈 황천살검대는 전문적으로 집단전을 수행해 온 실전의 정예였다. 고수들 간의 싸움이 아니라 난전에 돌입하자 소림사의 나한승과 개방의 일반 방도들의 피해가 예상보다 훨씬 커질 수밖에 없었다.

'망할 늙은 중대가리 녀석! 언제나 시세가 불리하면 그저 웃음으로 넘겨보려 하기는……'

내심 종아 선사를 못마땅하게 쏘아본 철담협개가 방장실을 빠른 걸음으로 빠져나갔다.

소림사에서의 일.

이젠 거의 정리되었다. 슬슬 관심을 다른 쪽으로 돌릴 필요가 있었다.

달마원.

종경이 보종과 자리를 함께하고 있다.

독상이 완쾌되었음에도 여전히 쇠약해 보이는 보종을 바라보는 종경의 시선이 애달프다.

"해독은 되었으나 무공은 모조리 잃어버린 것인가?"

"살아남은 것만도 다행 아니겠습니까? 장부 역시 손상이 크긴 하나 몇 년은 더 버틸 수 있을 것 같고 말입니다."

"그렇게까지 그 아이를 믿는 건가?"

"자건이를 말하시는 겁니까?"

"그렇네. 그 아이는 불문과는 인연이 닿지 않는 아이인 것을……."

"처음부터 알고 있었습니다."

"알고 있었다?"

"천생적으로 타고난 살기에다 그 잘생긴 얼굴. 만약 제가 거두지 않았다면 무림공적이 되거나 천하의 살성이 되었을 겁니다. 하지만 어찌하겠습니까? 그런 것이 다 인연인 것을. 게다가 그 녀석, 근래 조금 바뀌었습니다. 어떻게 그리되었는지는 모르겠습니다만."

"확실히 근래 살기가 많이 줄어들었더군. 하지만 여전히 불문과의 인연은 없어."

"괜찮습니다. 저 역시 그 녀석이 머리를 박박 깎고 중이 되는 건 원치 않으니까요."

"그런 건가?"

"예."

보종의 담담한 대답에 종경이 미미하게 고개를 끄덕여 보였다.

사질 보종의 선택!

후일 어떤 결과로 돌아올진 모르겠다. 하지만 항렬을 떠나 형제이며 전우인 그의 선택을 존중해 주고 싶다. 그게 얼마 남지 않은 그의 생에 대한 예의일 거라 생각했다.

문득 보종이 생각난 듯 말했다.

"그러고 보니 개왕이 이번에 소림사에서 힘을 많이 썼다고 하더군요?"

"그렇네. 너무 지나칠 정도로 도움을 받아서 그 빚을 앞으로 어찌 갚아야 할지 모를 지경이야."

"갚지 않으셔도 됩니다."

"그건 또 무슨 소린가?"

"그런 게 있습니다, 그런 게."

보종이 앞서 철담협개와 나눴던 약속을 떠올리며 입가에 음충맞은 미소를 매달았다.

두주불사!

혹은 개방옥녀라 불리는 철담협개의 손녀.

일단 첫 번째 제자 부인감으로 점찍어둔 상태였다. 향후 어떤 쪽으로 인연의 끈이 연결될지는 알 수 없었지만.

부르르!

철담협개는 노구를 가볍게 떨어 보였다.

왠지 오한이 든다.

무공이 초절정을 뛰어넘어 절대지경을 곁눈질하는 처지인

그에겐 있을 수 없는 일이다. 게다가 귀까지 가려워 오자 소지로 얼른 훑어냈다.

후비적!

'누가 내 흉이라도 보고 있는 것이렷다?'

내심 확신에 찬 중얼거림을 내뱉은 철담협개의 앞으로 이가흔이 표표히 떨어져 내렸다.

평상시와 달리 다소 창백해진 인상.

전날 부탄과의 싸움에서 입은 내상이 아직 완치가 되지 않은 모습이다.

"인석아! 어째서 벌써 움직이기 시작한 것이냐? 그러다 내상이 덧나기라도 하면 어쩌려고……."

"벌써 내상은 그리 염려할 필요가 없을 정도가 되었다는 걸 할아버님도 아시잖아요? 소림사에서 내준 소환단(小還丹)이 제법 효과가 좋더라구요."

"쪼잔한 종아 선사! 기왕 내주려면 턱하니 대환단(大還丹) 하나를 내주던가 할 것이지."

'저기… 대환단은 소림사에서도 몇 개 남지 않은 무가지보(無價之寶)인데요?'

내심 고개를 가로저으면서도 이가흔은 입가에 부드러운 미소를 매달았다.

부탄에게 일장을 얻어맞았을 때였다.

막 냉고성을 죽음 직전까지 몰아넣은 상황이었음에도 철

담협개는 무작정 이가흔에게 달려왔다. 손녀를 구하기 위해서 대승의 기회를 헌신짝처럼 내동댕이친 거다.

덕분에 이가흔은 무사히 살아남을 수 있었으나 냉고성과 부탄은 휘하의 황천살검대와 함께 전멸의 위기를 모면했다. 오히려 상당히 많은 개방도들이 살상을 당했을 정도였다.

'결국 내 무공이 부족한 때문이야! 내가 그 시커먼 얼굴을 한 개자식을 이길 만한 무공을 연마했었다면 절대로 그런 일은 벌어지지 않았을 테니까.'

부드럽던 미소의 뒤끝이 씁쓸하게 변했다. 그리고 눈에 단호한 결의가 매달린다.

"할아버님, 아니, 방주님! 저는 지금부터 본격적인 후개의 수련에 들어가도록 하겠습니다!"

"…드디어 마음의 결정을 내린 것이냐?"

"예!"

단호한 이가흔의 대답에 철담협개가 천천히 고개를 끄덕여 보였다.

"알겠다. 네가 진짜 그런 마음을 먹었다면 지금 당장 개봉으로 돌아가자꾸나! 사실은 엽자건, 그 고약한 녀석의 뒤를 쫓아가 볼까 했다만……."

"서장으로 떠난다고 들었습니다. 돌아오기까진 시간이 제법 걸릴 겁니다."

"엥? 그 녀석을 포기한 게 아니었냐?"

"아직 시작도 하지 않았는데 포기는 뭘 포기해요?"

"그럼 이제는……."

"개방의 정식 후개가 된 후에 시작해 봐야죠! 개방과 소림이 한가족이 된다면 천하 무림을 위해서도 좋은 일이 되지 않겠어요?"

"그, 그야 그렇지."

"염려 놓으세요! 곧 그 자식을 붙잡아와서 아들, 딸 구별 말고 열 명만 순풍순풍 낳아서 할아버님한테 안겨 드릴 테니까요."

"……."

다부진 이가흔의 결심에 철담협개가 입을 딱 벌렸다.

늦게 배운 도둑질에 시간 가는 줄 모른다고 했던가?

평상시 사내를 발가락 사이의 때만큼도 못하게 보던 이가흔의 화끈한 변모는 무서울 정도였다. 일시 기쁜지 슬픈지조차 분별할 수 없을 지경으로.

＊　　　＊　　　＊

다시 두 달이 지나갔다.

보이차와 소금을 거래하기 위해 사천을 거쳐 운남(雲南)으로 향하는 홍화상단(紅花商團)에 쟁자수로 합류한 엽자건과 감요진은 평온한 일상을 보내고 있었다.

쟁자수.

온갖 힘쓰고 귀찮은 일을 도맡아하는 막일꾼이다.

하지만 그만큼 남의 시선을 끌지 않고 여행할 수 있는 신분도 많지 않았다.

홍화상단에 속한 덕분에 엽자건과 감요진은 황천살검대의 추격에서 자유로워졌고, 각 성을 통과할 때도 별다른 제재를 받지 않았다.

그야말로 만사형통(萬事亨通)!

애초 엽자건이 예상했던 것보다 훨씬 수월하게 두 사람은 섬서성을 지나 사천에 들어설 수 있었다.

거기에 화장과 변장의 달인이라 할 수 있는 엽자건이 감요진을 완전무결한 사내로 변모시킨 공도 크게 작용했음은 두말하면 잔소리였다.

그렇게 한 해가 지나 원단(元旦)이 되었다.

소도시인 파중(巴中)에서 잠시 여독을 풀기로 한 홍화상단에 하루의 휴가가 주어졌다. 사천의 성도인 성도(成都)에 도착해 대규모 거래를 시작하기 전에 상단주가 잠시 휴식을 취하게끔 배려한 것이었다.

뿌득!

엽자건이 등근육을 가볍게 풀어 보이곤 침상 위에 벌러덩 드러누웠다.

근 두 달 동안 온갖 잡일을 도맡아했다.

이런 일에 전혀 익숙해지지 못하는 감요진을 다독이며 참 잘도 사천까지 왔다는 생각이 든다.

'하루 동안 자유시간을 준다고? 오늘은 침상에 누워서 밥 때가 될 때까지 뒹굴거려 줄 테다! 음하하핫!'

내심 호쾌한 대소를 터뜨린 엽자건이 진짜로 다시 눈을 감았다. 세수경을 얻은 후 예전에 비교할 수 없을 정도로 게으름이 늘어가고 있는 요즈음이었다.

똑! 똑!

방문 밖에서 문 두드리는 소리가 났다.

번뜩!

눈을 뜬 엽자건의 미간 사이가 좁혀졌다.

하루간 주어진 자유시간을 만끽하러 상단에 속한 자 대부분이 객점을 벗어난 터였다. 잡일꾼인 쟁자수의 거처에 굳이 찾아올 사람은 거의 없다는 뜻이다.

'발걸음이 무거운 걸 보니 감 소저도 아닌데……'

감요진은 항상 따로 객실을 사용했다. 절대로 일꾼들과 함께 뒹굴려 하지 않았다.

내심 눈매를 가늘게 만든 엽자건이 귀찮은 기색이 완연한 목소리로 소리쳤다.

"이곳에 당신이 찾는 사람은 없소!"

"있는 것 같은데?"

‘이 목소리는…….’

엽자건의 눈매가 더욱 가늘어졌다.

예상외로 여자의 목소리가 낯설지 않았기 때문이다.

그때 덜컥 소리와 함께 문이 열리며 중년의 몸집 푸짐한 사
십대 중반가량의 홍의 여인이 안으로 들어왔다.

홍화상단주 여설랑.

한때 꽤나 잘나가는 기루의 일급 기녀였다가 돈을 모아서
지금의 홍화상단을 차린 여걸이었다.

이제는 나이가 들어 전날의 미모를 잃고 몸매 역시 푸짐하
게 변했으나 여전히 눈에 담긴 색정은 보통이 아니다. 눈꼬리
에 매달린 애교살로 순진한 사내 몇쯤은 간단히 녹여 버릴 만
한 색기를 노골적으로 풍겨내고 있었다.

“상단주님께서 이런 누추한 곳에는 어떻게?”

엽자건은 공손한 기색을 한 채 침상에서 일어섰다. 언제 짜
증스런 눈빛과 목소리를 냈냐는 듯싶다.

그러나 내심은 다르다.

그는 눈살을 더욱 찌푸리고 있었다. 무지막지하게 아랫사
람들을 부려먹는 여설랑이 어째서 갑자기 하루 동안 자유시
간을 준 건지 대충 짐작이 갔기 때문이다.

그 같은 엽자건의 내심을 아는지 모르는지 여설랑은 한동
안 잡아먹을 듯한 시선을 던져 왔다. 잘생긴 그의 얼굴과 잘
빠진 몸매, 전부를 한입에 꿀걱 삼켜 버리고 싶다는 뜻을 노

골적으로 드러낸 거다.

추파?

그런 종류가 아니다.

이건 거의 교미 직전의 암거미나 암사마귀에 버금간다. 지난 두 달간 상단을 따르는 동안 종종 여설랑에게서 느끼곤 했던 위기감이 극대화되는 순간이었다.

타악!

여설랑이 갑자기 몸을 돌려 문을 닫고 단단히 고리까지 걸었다. 절대로 방해받지 않겠다는 심산이다.

'이건… 너무 무섭잖아!'

진심으로 엽자건은 그리 생각했다. 생사를 걸고 싸웠던 전장에서조차 이런 공포는 느낀 적이 없었던 것 같다.

그러거나 말거나 다시 몸을 돌려세운 여설랑이 더욱 노골적인 색기를 풍기며 엽자건에게 다가들었다. 두 눈이 요사스런 빛을 마구 뿜어낸다.

게다가 그냥이 아니다.

그녀는 어느새 푸짐한 몸을 흔들어서 부담스러울 정도인 상반신을 드러내기까지 했다. 일류기녀 시절, 무수히 많은 사내들을 한번에 보내 버린 그녀만의 비기였다.

물론 쉽진 않았다.

예전보다 거진 몸이 두 배로 불었기 때문이다.

만약 엽자건을 보고 한눈에 반하지 않았다면 절대 이런 짓까진 하지 않았을 터였다.

'오호홋! 순진하고 귀여운 자식! 오늘 이 여설랑님께서 진하게 회포를 풀게 해줄 테니, 얼른 내 품으로 달려오렴!'

여설랑은 어렵사리 자신의 비기를 완성시킨 후 상반신을 요염하게 흔들어 보였다. 물론 과거 그녀의 기억 속에서만 머물러 있던 동작이었다.

흔들! 흔들!

눈앞에서 이리저리 요동치고 있는 육중한 중년 여인의 몸매를 바라보는 엽자건은 죽을 맛이었다. 당장 자신을 이곳에서 벗어나게 해줄 사람이 있다면 영혼이라도 팔 수 있을 것 같았다.

그때 여설랑이 입술을 혀로 핥으며 비음 섞인 목소리로 말했다.

"줄곧 지켜보고 있었지, 가끔 내 풍만한 몸매를 훔쳐보는 걸."

'오해요!'

엽자건은 재빨리 방어적인 표정으로 침상 끝으로 물러섰다. 어느새 양주먹에 불끈 힘이 들어가 있었기 때문이다. 자칫 여인을 때리기라도 한다면 어찌 사부 보종의 얼굴을 볼 수 있겠는가!

꿈틀!

여설랑의 눈꼬리가 치켜올라 갔다. 완전히 질겁한 표정인 엽자건을 보고 빈정이 상한 것이다.

하지만 그녀는 작지 않은 상단을 운영하는 사람이었다.

자신의 욕망을 쉽사리 해소할 수 있는 방법을 아주 잘 알고 있었다.

'새끼! 잘생긴 값을 한다니까……'

내심 투덜거린 여설랑이 치마 안쪽에서 두툼한 전낭을 끄집어냈다.

쩔그렁!

침상에 내던지니 무게감이 장난이 아니다.

'족히 은자로 오십 냥 이상?'

엽자건이 원치도 않는 전낭 속 내용물을 파악해 내곤 내심 한숨을 내쉬었다. 일순 솔깃한 기분이 든 자신에게 한심함을 느낀 거다.

여설랑이 여전히 치켜올라 있는 눈꼬리를 한 채 말했다.

"네가 얼마만큼 잘하냐에 따라서 값을 매겨주마! 얼굴과 몸이 좋다고 해서 꼭 밤일도 잘하란 법은 없으니까."

"제가 그 밤일 잘하는 사내들을 좀 아는데, 소개시켜 드릴까요?"

"난 네가 해주길 원하는 거다! 네가!"

"……."

짜증 어린 목소리와 함께 여설랑이 육중한 몸을 엽자건에게 던져 왔다.

너무 오래 참았다.

몸이 펄펄 끓는 걸 더 이상 견딜 순 없었다.

그런데 갑자기 퍼억 소리와 함께 여설랑이 침상에 육중한 몸을 박았다. 혼절해 버린 거다. 방문이 박살나며 날아든 목침에 후두부를 강타당하고서.

스륵!

그제야 반라의 여설랑을 피해서 침상을 내려온 엽자건이 일수합장을 한 채 불호를 외웠다.

"아미타불! 절대로 본인이 계도를 한 것이 아니니, 여시주께서는 부디 악감정을 품지 말아주시기 바라오!"

"군자 나셨네요?"

"군자가 아니라 그냥 소림사의 힘없는 불목하니일 뿐입니다."

"흰소리 그만 하고 빨리 나와요!"

잠겨 있던 방문을 산산조각 낸 당사자인 감요진이 엽자건에게 손가락을 까닥거려 보였다. 그가 반라의 여자와 한 방에 있는 게 꽤나 못마땅해 보인다.

"예!"

엽자건이 공손한 대답과 함께 얼른 그녀에게 달려갔다. 그역시 여설랑과 함께 더 이상 방 안에 있고 싶진 않았기 때문이다.

"혹시 내가 방해한 건 아니겠죠?"

"방해한 것 맞아."

"예?"

"큰돈을 벌 기회를 놓쳐 버렸으니 우린 이젠 어디 가서 서장까지의 여비를 마련하겠어?"

"그 여비, 꼭 자건의 몸을 팔아서 해결하도록 하죠."

"농담! 농담!"

팽 토라져서 앞서 걸어가는 감요진의 뒤를 얼른 쫓아가며 엽자건이 싱글거렸다.

여전히 남장을 한데다 분장까지 했으나 하는 짓이 귀엽다. 방금 전에 그를 충격과 공포 속에 몰아넣었던 여설랑과는 절대 비교가 되지 않는다.

그제야 걸음을 늦춘 감요진이 엽자건에게 손가락을 들어 올린 채 말했다.

"다시 그런 농담을 하면 용서하지 않겠어요!"

"무슨 농담……."

"또 시작하죠? 또!"

"…주의하도록 할게."

"주의해야만 할 거예요, 계속 내 보표를 하려면."

"그런데 여 상단주 말야. 설마 죽여 버린 건 아니지?"

"죽이진 않았어요. 다만 정신이 들려면 적어도 한 시진은 있어야 할 거예요."

"그렇군."

고개를 한차례 끄덕여 보인 엽자건이 갑자기 유쾌한 표정을 지어 보였다.

"그럼 우리 구경이라도 다녀볼까?"

"나 같은 사람이랑 하루밖에 안 되는 자유시간을 허비해도 되겠어요?"

"사실 미인과 함께가 아니라 조금 아쉽긴 해."

"중간에 미인을 만나면 좋다고 따라갈 심산이로군요?"

"그야 이를 말인가?"

엽자건의 천연덕스런 대답에 감요진이 눈을 샐쭉하게 만들어 보이면서도 그리 싫지 않은 표정을 지어 보였다. 숭산을 떠난 후 줄곧 세심하게 자신을 보호해 준 엽자건의 진심을 아플 정도로 자각하고 있었기 때문이다.

'서장은 아직 멀었어. 하지만 나는 자건과 진짜 헤어질 수 있을까?'

자신이 없다.

사실은 생각조차 하고 싶지 않았다, 아직까진.

감요진이 그 같은 상념에 젖어 있는 사이 엽자건은 벌써 저만치 앞서 걸어가고 있었다.

평생 처음 와본 사천의 첫 도시다.

신기하고 구경할 거리는 차고 넘칠 지경이었다.

　　　　　*　　　　　*　　　　　*

파촉제일루(巴蜀第一樓).

파중에서 가장 비싸고 고급스런 주루의 이층은 오늘 놀랍게도 통째로 전세가 내어져 있었다.

족히 금 열 냥은 내놔야만 할 일.

화려하고 널따란 주루의 창가에는 네 명의 꽃보다 아름다운 여인이 모여 앉아 즐거운 담소를 나누고 있었다. 오늘 파촉제일루의 이층을 통째로 전세낸 당사자들인 당소교와 북궁예연, 우신애, 그리고 남궁수였다.

목에 하얀 여우털 목도리를 걸친 우신애가 주루 안을 이리저리 살펴본 후 특유의 화의경장 차림인 당소교에게 눈을 빛내며 말했다.

"교 소매, 사천에는 처음인데 날씨가 생각보다 춥지 않네?"

"오늘은 날씨가 좋은 편이에요."

"날씨가 좋은 편?"

"쾌청하잖아요. 사천의 날씨는 변화막측해서 이러다가도 갑자기 비가 내린답니다."

"눈이 아니라 비가 오는 거야?"

"사천에서 눈이 오는 때는 그리 많지 않아요. 우박은 종종 내리지만요."

"아하!"

우신애가 나직한 탄성과 함께 고개를 끄덕여 보였다. 어쩐지 당소교가 겨울철임에도 피풍의 정도밖엔 걸치지 않고 다니는 까닭을 알 것 같았다.

'그러고 보니, 여우털 목도리에 담비 가죽으로 된 덧옷 같은 걸로 중무장한 건 나밖엔 없잖아?'

우신애의 눈이 당소교를 떠나 창밖을 무심히 바라보고 있는 남궁수와 평소처럼 묵묵히 음식에 집중하고 있는 북궁예연을 향했다.

남궁수는 백의무복에 역시 하얀색 피풍의 차림이고, 북궁예연은 흑의무복에 붉은색 피풍의를 어깨에 걸치고 있었다. 피풍의 안쪽에 여우 털을 덧대놓고 있긴 하나 역시 우신애에 비하면 차림이 꽤나 가볍다.

우신애가 입술을 살짝 일그러뜨렸다.

남궁수나 주인격인 당소교는 둘째치고 가장 만만하게 봤던 북궁예연조차 알고 있는 사실을 자신만 몰랐다는 게 꽤나 분했다. 화가 났다.

그런 우신애를 한차례 살핀 당소교가 남궁수에게 시선을 던졌다. 언제나와 다름없이 화사하고 친근한 표정이다.

"아수 언니, 음식이 맛이 없나 봐요?"

"음식?"

"예, 별로 드시질 않는 것 같아서요."

남궁수가 맑고 투명한 시선을 당소교에게 던졌다. 잠시 빠져 있던 상념에서 비로소 빠져나온 듯하다.

'그러고 보니 음식이 꽤나 많이 남았구나! 하지만 나는 이미 배가 부른데……'

내심 자신의 몸 상태를 확인한 남궁수가 천천히 고개를 흔들어 보였다.

"음식은 충분히 맛이 있어. 하지만 내 몸이 필요로 하는 정도는 이미 채운 것 같아."

"벌써요?"

"그래."

남궁수의 대답에 당소교가 다소 호들갑스런 반응을 보였다. 여전히 젓가락을 손에서 내려놓지 않고 있는 북궁예연과 우신애에게 남궁수를 가리키며 소리친 거다.

"언니들, 아수 언니를 보세요! 저 기막힌 몸매가 절대로 그냥 타고나기만 한 건 아니라니깐요!"

'교 소매, 그리 말하면 내 손이 부끄럽잖니!'

'젓가락을 이만 내려놔야 하는 건가?'

우신애와 북궁예연이 거의 동시에 당소교와 남궁수를 바라봤다.

미모에 있어선 자신이 있는 두 사람이다.

하지만 절대적인 존재인 남궁수는 둘째치고 당소교만 해도 우월한 미모를 자랑했다. 이런 식으로 음식을 앞에 두고 몸매 관리를 대놓고 말하니, 마음이 크게 불편해졌다.

'아수 언니도 너무해! 저런 근사한 몸매를 한 주제에 그렇게까지 열심히 관리할 건 뭐람?'

'그저 예쁜 것들은! 에이, 어차피 버린 몸! 그냥 배나 더 채우자!'

우신애가 결국 젓가락을 내려놓은 데 반해 북궁예연은 다시 음식을 뒤적이기 시작했다. 어차피 여기 모인 여인들 중 자신이 가장 미모가 떨어진다는 자각을 한 까닭이었다.

덕분에 매우 어색해진 식탁!

이 같은 상황을 고의적으로 야기한 당소교가 내심 교활하게 미소 짓고 있을 때였다.

다시 창밖으로 시선을 던진 채 자신만의 상념에 빠져 있던 남궁수가 벌떡 자리에서 일어섰다. 이층 창가 아래로 보이는 저잣거리를 감요진과 함께 걷고 있는 엽자건을 발견한 거다.

두근!

오랜 폐관수련으로 잊고 있던 심장의 이상한 떨림이 다시 돌아왔다. 여전히 심장 깊숙한 곳에 자리 잡고 있는 자웅독고의 자고가 발광에 가까운 움직임을 보이기 시작한 때문이다.

"아수 언니?"

"언니, 왜 그래요?"

"응?"

당소교를 시작으로 우신애와 북궁예연이 거의 동시에 남

궁수를 바라봤다.

그녀의 갑작스런 돌출 행동!

놀라지 않을 수 없다.

그러나 남궁수는 이미 그녀들이 안중에도 없었다. 점차 시야 밖으로 엽자건이 사라져 가고 있었기 때문이다.

"미안!"

짧막한 한마디를 남긴 남궁수가 창문을 박차고 파촉제일루에서 뛰어내렸다.

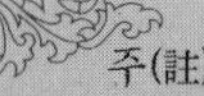

주(註)

　*원단：설, 세수(歲首), 원단(元旦), 원일(元日), 신원(新元)이라고도 하며, 근신, 조심하는 날이라 해서 한문으로는 신일(愼日)이라고 쓴다.

第二十九章

독존등장(毒尊登場)

少林棍王

소림곤왕

와장창!

엽자건은 거리를 걷던 중 느닷없이 머리 위쪽에서 일어난
소란에 고개를 돌렸다.

단지 그것뿐일 리 만무하다.

그는 어느새 신형을 이동해 은연중 감요진의 앞을 가로막
아 서고 있었다.

보표.

언제 무슨 일이 발생하든 최우선적으로 호위하는 인물의
안위를 챙겨야만 한다.

'훗! 이럴 때는 또 자상하네……'

감요진은 초절정을 바라보는 수준의 고수다.

엽자건의 이 작은 움직임의 의미를 모를 리 만무하다.

절로 호선을 그리는 입매무새.

감요진은 흐뭇하게 엽자건의 뒤통수를 바라봤다. 느닷없이 벌어진 소동 같은 건 이미 그녀에게 그리 큰 의미가 되지 않고 있었다.

아니다.

그녀의 호선을 그리고 있던 입술의 곡선은 어느새 큰 이지러짐을 보이고 있었다. 파촉제일루의 이층 창문을 뚫고 떨어져 내린 절세미녀가 엽자건을 뚫어져라 바라보고 있다는 걸 뒤늦게 간파한 까닭이었다.

그때 사람의 영혼을 빨아들일 듯 매혹적인 눈빛으로 엽자건을 살피던 남궁수가 힘겹게 입을 열었다.

"엽 소협… 중이 되지 않았군요?"

"중?"

"보종 대사님과 함께 소림사로 갔잖아요. 그래서 저는 출가를 하는 걸로 알았는데……."

"푸핫!"

엽자건의 입에서 웃음이 터져 나왔다.

첫 만남!

선대의 은원으로 인해 죽도록 싸우는 걸로 시작한 두 사람이었다. 자웅쌍고의 개입으로 인해 결국 승부를 가리진 못했으나 기묘한 인연을 맺었다. 첫 입맞춤을 나눈 사이가 되어버리고 만 거다.

'그걸 기억한 건 아닐 테지? 하지만 그때는 몰랐는데, 이 아가씨 꽤나 맹한 구석이 있잖아!'

맞다.

남궁수는 무학에 관한 사항을 제외하곤 세사에 관심을 갖는 게 거의 없었다. 일상적인 부분에 관해선 다소 맹하고 엉뚱한 게 당연하다.

내심 고개를 가로저은 엽자건이 정중하게 일수합장해 보였다.

"아미타불! 남궁 소저, 웃어서 미안하오. 소저의 말대로 나는 이미 불문에 귀의하긴 했으나 아직 불목하니로 승려가 되진 못했소."

"불목하니? 그게 뭐죠?"

"절에서 나무하고 청소하고 막일하는 불자를 말하는 거요. 정식으로 승적에 이름을 올리지 않았기에 이 머리 역시 아직 무사한 것이오."

"……"

엽자건이 사내답지 않게 긴 머리를 손으로 쓸어 보이자 남궁수의 입가에 얼핏 미소가 떠올랐다. 잘은 모르겠으나 아직 엽자건이 머리를 깎고 중이 되지 않은 것이 크게 기뻤던 거다.

극히 매혹적인 미소.

보는 이를 취하게 만든다.

그러나 남궁수가 극히 이례적으로 보인 미소는 나타났던 것만큼 빨리 자취를 감춰 버렸다.

"자거언!"

남궁수의 사람을 홀릴 것 같은 미모에 긴장을 한 것이리라!

어느새 얼굴의 화장을 박박 손으로 문질러 지워 버리고 본색을 드러낸 감요진이 엽자건에게 찰싹 달라붙었다. 평소와 사뭇 다른 콧소리까지 내면서.

"그분은 누구……."

남궁수의 의혹 섞인 질문에 엽자건이 피식 하고 웃으며 대답했다.

"내가 지키는 대상이오."

"지키는 대상이라면……."

"나 한동안 보표 노릇을 하게 되었소. 크윽!"

감요진이 여전히 자신 쪽은 시선도 주지 않는 엽자건의 옆구리를 꼬집곤 남궁수에게 화사한 미소를 던졌다. 어느새 눈에는 사요로운 기운이 담겨져 있다. 전날의 이가흔처럼 환몽사안으로 남궁수를 멀리 떠나보낼 마음이 든 거다.

"자건의 말대로야! 나는 이 녀석 영혼의 주인이지! 영혼의 주인!"

'그건 아니라고 보는데?

엽자건이 내심으로만 항변했다. 화사한 겉표정과 달리 암중으로 살기를 들불처럼 일으키고 있는 감요진의 내심을 간파한 까닭이다.

남궁수는 일순 어지러움을 느꼈다.

감요진의 겉과 다른 속내.

조금 둔한 성정인 그녀가 읽었을 리 없다.

그러나 어떤 식으로든 싸움을 걸어오는 거라면 얘기가 달라진다.

'미혼공!'

남궁수가 벌인 삼 년간의 비무행!

그 와중에 사마외도의 인물들이 섞여 있지 않았을 리 없다.

특히 그녀의 놀라운 미모를 탐낸 무수히 많은 음흉한 짓거리들을 경험한 바 있었다.

그리고 그중에는 당연히 이혼대법류의 미혼공 역시 포함되어 있었다.

휘청!

남궁수가 갑자기 신형을 가볍게 흔들어 보였다. 일단 감요진의 눈에서 뿜어진 환몽사안을 저항없이 그대로 받아들인 결과였다.

그것만으로 끝일 리 없다.

그녀는 환몽사안의 기운을 받아들인 상태에서 내공을 활성화시켰다.

자웅독고와 엽자건의 도움으로 타통된 생사현관!

그로 인해 근래 비약적으로 발전해 거의 대성을 이룬 구유한백신공이 폭발적으로 뇌문을 향해 달려갔다. 삽시간에 중단전을 거쳐서 상단전의 신기(神氣)를 일깨워낸 거다.

번쩍!

남궁수의 눈에서 일순 맑은 신기가 일어났다. 자연스레 받아들였던 환몽사안의 사기가 단숨에 산산조각 나버렸음은 물론이다.

"으윽!"

자신만만한 표정을 짓고 있던 감요진이 신음과 함께 몸을 떨어 보였다.

전세역전!

남궁수의 심령을 제압하는 건 고사하고 살짝 내상까지 입어버렸다. 여전히 엽자건과 팔짱을 끼고 있지 않았다면 꼴사납게 엉덩방아를 찧어버렸을지도 모른다.

그것만으로 부족하다 판단한 것이리라!

파팟!

엽자건이 재빨리 손바닥을 펴서 감요진의 명문혈에 미약한 진기를 전해줬다. 그렇게 함으로써 그녀의 내상이 크게 확산되는 걸 막아냈다.

그리고 앞으로 나서니, 어느새 평상시의 안색을 회복한 남궁수의 지척이다.

"남궁 소저, 여기까지만 합시다!"

"그녀는 사악한……."

"알고 있소. 하지만 앞서 말했다시피 나는 현재 그녀의 보표요!"

"……."

이미 검병 부근을 노닐고 있던 남궁수의 섬세한 검지와 약지가 천천히 떨어져 나왔다.

두근!

다시 뛰기 시작한 심장 어림의 둔통.

고통스러운 건지 기쁜 건지 알 수가 없다. 그냥 엽자건에게 다시 예전처럼 무(武)의 확인을 위해 검을 뽑아 들 수는 없을 것 같았다.

그렇게 남궁수가 감요진에 대한 후속 공격을 포기했을 때였다.

엽자건의 도움으로 간신히 환몽사안이 깨진 후유증을 수습한 감요진이 눈꼬리를 살짝 치켜올렸다.

이유없이 밉다고 했던가?

남궁수가 엽자건의 말에 따라서 자신을 공격하지 않은 것조차 마음에 들지 않았다. 당장 남궁수에게 달려들어서 저 옥미녀상같이 어여쁜 얼굴에 십여 개쯤 되는 생채기를 내주고 싶을 정도였다.

'스물 정도 되었겠구나! 아주 파릇파릇할 때야!'

감요진의 미모.

절대로 남궁수에 못지않다.

사실 두 여인은 우열을 가릴 수 없는 절세의 미녀로서 각기 한 떨기 순백의 백합과 화려한 백장미를 닮아 있었다. 한 명은 순결하고 깨끗한 미녀이고, 다른 한 명은 마력적인 밤의 여왕과 같은 매력을 자랑했다.

그러나 결정적인 차이 역시 존재했다.

나이다.

올해 스물하나가 된 남궁수와 달리 감요진은 어느새 삼십을 바라보는 이십대 후반이었다.

평생 자신의 미모에 절대적인 자신감을 갖고 있었던 감요진이라 하나 엽자건의 나이를 생각하면 신경이 쓰이지 않을 수 없는 대목이다.

'이게 다 모두 자건 때문이야!'

결국 감요진의 원망이 엽자건을 향했다. 남궁수와 대화를 나누고 있는 그의 모습이 그렇게 미울 수가 없었다.

남궁수의 갑작스런 행동에 놀란 당소교 등이 뒤늦게 파촉제일루를 빠져나왔다. 남궁수와 그리 다르지 않은 방법으로.

스슥! 스스슥!

강북무림을 대표하는 기재들답게 세 여인 모두 신법이 크게 안정되어 있었다. 단숨에 파촉제일루에서 뛰어내려 남궁수의 주위를 품(品) 자로 에워쌌다.

그중 어느새 검까지 빼 든 우신애를 본 엽자건이 언제 진중한 표정을 짓고 있었냐는 듯 유쾌하게 소리쳤다.

"신애야!"

"헉!"

우신애가 놀라 수중의 검을 떨굴 뻔했다. 안색이 절로 붉어졌음은 물론이다.

북궁예연은 눈매를 가늘게 만들었다. 자신이나 당소교가 아니라 우신애를 먼저 아는 척하는 엽자건의 태도가 마음에 들지 않았기 때문이다.

그러나 가장 당황한 건 다름 아닌 당소교였다.

'어째서 이 자식이 여기에 있는 거야!'

'오!'

당소교가 얼른 자신에게 의미심장한 눈인사를 던지는 엽자건에게 이를 갈며 다가들었다.

여전히 화사한 미모.

입가에 매달려 있는 미소와 달리 양손이 어느새 소매 속으로 들어가 있다. 언제든 십독과 십암 중 가장 독랄한 수법을 사용할 수 있게끔 준비한 거다.

저벅!

엽자건 역시 그냥 보고만 있을 리 없다.

그는 갑자기 크게 한 걸음 앞으로 내딛더니, 어느새 당소교와 숨결조차 맞닿을 정도까지 간격을 좁혔다.

그의 손.

어느 결엔가 소매 속으로 들어가 있던 당소교의 완맥 위를 대여섯 차례나 스쳐 지나간 상태다. 하도 빨라서 당사자인 당소교 외엔 알아채지 못했지만.

'그냥 조용히 넘어가도록 하지?'

'그렇게 하지 않으면?'

'가냘픈 손목 두 개가 모조리 분질러진 채 끝내던가!'

'……'

짧은 순간.

엽자건과 당소교 간에 섬광보다 빠른 눈빛이 오갔다. 굳이 대화를 하지 않고도 속내를 나눌 수 있었다. 적어도 두 사람은 각자 그리 생각했다.

그렇다면 더 이상 대치 상태를 유지하고 있을 까닭이 없다.

저벅!

다시 한 걸음을 뒤로 물린 엽자건이 먼저 화해를 청했다. 정중하게 일수합장을 해 보인 거다.

"아미타불! 당 소저는 여전히 아름답고 총명하시니, 참 대단한 일이라 생각하오!"

"엽 공자는 기태가 더욱 훌륭해지신 것 같군요? 소림사에 가셨다고 들었는데, 헛소문이었나 보죠? 이렇게 머나먼 사천까지 오신 걸 보면!"

"다 내가 재주가 없고 불민한 탓이 아니겠소?"

"전과 달리 겸양의 덕까지 갖추셨군요? 과연 불법은 광대하고 불존의 공덕은 한량이 없군요."

"하하, 당 소저도 불문과 많은 인연을 맺으신 것 같으니 참 좋은 일이오."

"모친께서 아미파의 속가제자시거든요."

"오!"

엽자건이 고개를 끄덕이며 감탄한 기색을 보이자 당소교가 천천히 소매 속에서 손을 빼냈다. 여전히 엽자건이 남궁수에게 전날의 일을 말할까 봐 걱정이 되었으나 지금은 때가 아니라 여겼다.

'진짜로 입을 조심하는 게 좋을 거야! 이곳은 사천이고, 나는 당가의 적통이니까.'

내심 섬뜩한 미소를 보인 당소교가 남궁수를 곁눈질한 후 엽자건에게 질문했다.

"엽 공자, 그런데 사천에는 어떻게 온 거죠?"

"일 때문에 왔소."

"무슨 일인지 물어도 실례가 되지 않을까요?"

"실례 맞소."

"……"

단 한마디로 당소교의 입을 다물게 한 엽자건이 남궁수를 비롯한 다른 여인들에게 일수합장해 보였다. 감요진이 거의

발작 직전에 이른 걸 보고 이만 헤어질 때가 되었다는 판단을
내린 거다.

"아미타불! 과거는 본시 꿈과 같은 법! 소생은 이만 헤어짐
을 청할까 하오."

"……."

다시 심장이 아파와 어떤 말도 하지 못하게 된 남궁수와 달
리 우신애가 깜짝 놀란 표정으로 소리쳤다. 그를 이대로 보내
는 게 무척 아쉬웠기 때문이다.

"엽 공자, 벌써 가는 건가요?"

엽자건이 우신애를 향해 이를 드러내며 웃어 보였다.

"계속 내게 신애라 불리고 싶은 거요?"

"그럴 리 없잖아요!"

"그럼 다음에 만날 땐 우 소저라 부르도록 하지."

"그, 그건……."

우신애가 말끝을 더듬다 얼굴을 붉혔다. 마음속 한켠에서
잔물결처럼 일어난 아쉬움 때문이었다.

그사이 다시 남궁수와 북궁예연에게 눈인사를 보낸 엽자
건이 감요진과 함께 발걸음을 재촉해 떠나갔다. 상당히 유명
한 무림인인 남궁수와 육우를 만났으니, 한시라도 빨리 파중
을 벗어나야 했다.

무림의 소문!

그것은 세상에서 가장 빠른 말이나 진배없었다.

발 없이도 천 리를 가는.

남궁수는 잠시 멍하게 서 있었다.

감요진과 함께 점점 멀어져 가고 있는 엽자건의 모습.

심장의 두근거림을 떠나 마음을 아프게 만든다. 전날 창룡검가를 말도 없이 떠나갔을 때처럼.

'또 가는구나…….'

다른 여인들 역시 엽자건을 보내는 마음은 그리 편치 못했다. 설마하니 그가 이렇게 자신들을 쉽사리 포기하고 떠날 줄은 몰랐기 때문이다.

특히 우신애는 크게 마음이 흔들리고 있었다.

'앞으론 날 신애라고 부르지 않겠다고? 그건 물론 당연히 그래야 하는 거지만…….'

북궁예연은 이번에도 완전히 찬밥 신세가 된 게 못마땅했다. 괜스레 도병을 손가락으로 건드려 대며 이맛살을 잔뜩 찌푸리고 있었다.

투툭! 툭툭툭!

반면 다른 식으로 고심 어린 눈빛이 된 여인도 있었다. 다름 아닌 당소교였다.

그녀는 멀어져 가는 엽자건을 바라보며 내심 잘됐다고 생각했다. 다시 그와 얽혀서 저번처럼 자신의 계획이 망쳐지는 건 사양하고 팠기 때문이다.

'이번에야말로 남궁수, 이 지겨운 계집애를 내 눈앞에서 사라지게 만들 거야! 반드시! 그리고 저 자식도 언젠가는 날 모욕한 죗값을 받게 할 거고……'

내심 눈을 빛낸 당소교가 화사하게 미소 지으며 남궁수에게 다가들었다.

"아수 언니, 이만 다시 주루로 올라가도록 하죠? 곧 손님들이 올 테니까요."

"으응."

남궁수가 그제야 망연한 눈빛을 거두고 당소교에게 고개를 끄덕여 보였다.

수개월 만의 무림행!

그중에서도 사천행에 나선 데는 중요한 이유가 있었다. 후일 무림계 전체의 지각변동을 예고하는.

＊　　　＊　　　＊

냉고성의 얇은 입술이 살짝 말려 올라갔다.

살소.

그가 사람을 고문하며 잔혹한 흥분을 느낄 때 보이곤 하는 특징 중 하나였다.

대개 이런 경우는 무섭다.

사람이 결코 사람이 아닌 꼴이 되어버리는 경우가 대부분이기 때문이었다.

과연 그의 주변.

피바다였다.

거의 십수 명이 넘는 사람들이 제대로 된 형태조차 유지하지 못한 채 널브러져 있었다. 도대체 왜 자신들이 이런 꼴이 되어야만 하는지조차 알지 못한 채.

"카악! 퉤!"

마지막으로 바닥에 누런 가래덩이를 내뱉은 냉고성이 피비린내에 잠겨 있는 내실을 빠져나왔다. 뒤에 남겨진 자들 중 숨이 붙어 있는 게 단 한 명도 남지 않은 까닭이었다.

두진양이 차갑게 말했다.

"어떻게 됐나?"

"예상대로였다. 그들은 사천에 들어선 게 확실해."

"드디어!"

냉고성의 확답에 두진양의 두 눈이 흥분으로 번들거렸다.

지난 수개월.

숭산에서 퇴각한 그들은 줄곧 엽자건과 감요진의 행방을 추격해 왔다.

냉고성의 재주는 아주 유용하게 사용되었다.

죽은 자의 입조차 열 수 있다고 알려진 특유의 고문술로 하나하나 단서들을 모았고, 결국 엽자건과 감요진이 상단에 몸을 숨긴 채 사천까지 숨어들어 왔음을 알아낼 수 있었다.

그런데 한 가지 문제가 발생했다.

사천무림대회!

다름 아닌 근래 포달랍궁의 대법대불왕의 황금대불마차에 치욕을 당한 사천이 상황을 역전시키기 위해 내세운 기치였다.

특히 주동적으로 움직인 건 사천무림의 실질적인 패자라 할 수 있는 당가였다. 내심 오랫동안 존재하지 않았던 무림맹의 창설까지 염두에 둔 포석을 깔고 있다고 알려져 있었다.

당연히 근래 사천에는 무수히 많은 천하 각지의 무림인들이 모여들고 있었다. 여태까지처럼 엽자건과 감요진의 뒤를 쫓기 위해 황천살검대를 동원하기가 크게 어려워진 거다.

그래서 사천 인근부터 두진양 등은 황천살검대와 따로 움직이기 시작했다. 더욱 냉고성의 고문 솜씨에 의지할 수밖에 없게 되었음은 두말하면 잔소리일 터였다.

냉고성이 말했다.

"내가 알아낸바 그들은 사천에 들어선 지 얼마 되지 않았다. 그러니 지금 당장 움직이면 수일 내에 따라잡을 수 있을 것이다."

"방향은?"

"파중."

단호한 냉고성의 말에 두진양이 천천히 고개를 끄덕여 보였다.

한켠에 아무렇게나 주저앉아 있던 부탄이 역시 신형을 일으켜 세웠다.

슬슬 역해지기 시작한 피내음.

끔찍한 고문의 현장에서 한시라도 빨리 떠나고 싶은 생각이 없을 리 만무했다.

'우빌라 녀석이었다면 좋아했을 테지만……'

부탄이 우빌라를 떠올리며 입가를 가볍게 일그러뜨렸다. 형제와 같던 그를 배신한 게 아직도 앙금처럼 마음 한구석에 자리 잡고 있었던 것이다.

*　　　*　　　*

"으음!"

감요진은 남궁수 등과 헤어지고도 한참이나 지나서야 탁한 호흡을 토해냈다.

엽자건의 도움을 받았다곤 하나 환몽사안은 독했다.

사기를 오히려 돌려받았으니 후유증이 적지 않은 건 지극히 당연한 일이었다.

엽자건이 슬며시 어깨를 부축해 왔다.

"괜찮아?"

"안 괜찮으면?"

“…….”

자신이 내민 손을 찰싹 하고 때리는 감요진의 매서운 눈빛에 엽자건이 어깨를 추어 보였다. 그녀가 지금 꽤나 화나 있음을 눈치챈 거다.

감요진이 입술을 삐죽이 내밀어 보였다.

“꽃같이 예쁜 미인들을 만났는데, 어째서 따라가지 않은 거야?”

“아하!”

엽자건이 이마를 손으로 때렸다. 어째서 감요진이 화를 내는지 비로소 깨달았다는 듯한 표정이다.

‘웃기네!’

감요진이 내심 혀를 찬 후 눈빛을 더욱 매섭게 만들었다. 당장 대답하라는 강압이었다.

‘쳇! 자길 따라와도 뭐라고 그래요…….’

내심 혀를 찬 엽자건이 다시 어깨를 으쓱해 보이곤 말했다.

“나는 네 보표잖아.”

“보표가 아니었으면 따라갔을 거라는 거야?”

“물론… 아니지.”

엽자건이 감요진의 불끈 힘이 들어간 주먹을 보고 얼른 말꼬리를 바꿨다. 자칫 진짜로 감요진이 토라지기라도 하면 수습하는 데 꽤나 시간이 들 거라 여긴 거다.

툭!

감요진이 주먹으로 엽자건의 가슴을 때렸다. 그리 아프지
않게.

"그 남궁 소저란 아가씨 꽤나 예쁘더라?"

"예쁘지. 하지만 지금 내 옆에 있는 건 너야. 널 지키기 위
해 있는 거라구."

"…알아."

감요진이 조그맣게 대답한 후 얼굴을 붉게 물들였다. 엽자
건이 한 말이 너무나 감미로워 정신이 아찔해질 지경이었다.

그때 엽자건이 갑자기 감요진의 동그란 어깨를 손으로 붙
잡아 자신의 뒤로 물렸다.

'어째서?'

감요진의 눈이 커졌다. 내심 내력을 모아서 주변을 살펴갔
음은 물론이었다.

그러나 아무것도 느껴지는 게 없다.

웅성거리며 오가는 사람들의 평범하고 탁한 기운만이 잔
뜩 모여 있을 뿐이었다.

그래도 그녀는 엽자건을 단단히 믿고 있었다. 그가 절대로
아무것도 아닌 일로 이리 긴장하진 않으리란 걸.

이럴 때 가장 쉬운 방법은 엽자건의 시선을 따라가는 것이
었다.

'어디 보자…….'

엽자건이 바라보는 방면으로 시선을 집중하던 감요진의

눈이 처음보다 더욱 커졌다. 어느 틈엔가 주변에서 제멋대로 움직이고 있던 사람들의 탁한 기운과의 동화를 깨고 훌쩍 다가서 있는 한 명의 적포노인을 발견한 때문이었다.

대략 육십대 초반가량?

반백의 머리를 단정하게 영웅건으로 다듬은 적포노인은 사실 특이점이 그다지 없었다. 똑바로 엽자건을 향해 걸어오고 있을 뿐 특별히 무형지기를 발출하거나 살기를 발산하지 않았다.

하지만 엽자건은 알고 있었다.

기이하게도 사람들이 이 적포노인이 가는 길을 은연중 비켜주고 있다는 것을. 아주 자연스럽게 그가 내딛는 걸음의 앞에서 벗어난 움직임을 보이고 있는 것이다.

'자! 생각해 보자! 왜 이런 곳에서 나는 저런 엄청난 고수의 표적이 되어야만 하는 것일까?'

언뜻 떠오르는 게 있다.

얼마 전 거리를 거닐다가 만났던 당소교의 화사한 얼굴이다.

이곳은 사천!

당가가 제왕처럼 군림하는 대지였다. 그렇다면 당소교와 좋지 않은 인연을 맺은 자신에게 어떤 일이 벌어져도 그리 크게 문제될 건 없지 않을까?

싱긋!

문득 엽자건이 미소와 함께 앞으로 나섰다.

"소생은 엽자건이라 합니다. 노인장께서는 조금 살살 손을 써주시면 고맙겠습니다."

적포노인이 미미하게 고개를 끄덕여 보였다.

"노부는 당무양이라 하네. 무림에서는 독존이라 부르기도 하지."

"아! 예……."

엽자건이 말끝을 끌며 내심 탄식을 터뜨렸다.

또 사부 보종과 관련된 일이다. 도대체 이 싸움광 노인장이 소림사에서 파문당한 후 얼마나 천하가 좁다고 사고를 치고 다녔는지 짐작조차 못하겠다.

〈제3권 끝〉

少林棍王
소림 곤왕

한성수 新무협 판타지 소설

감동의 행진을 멈추지 않는 작가 한성수!

구대문파 시리즈의 두 번째 이야기 『소림곤왕』!!
그 화려한 무림행이 펼쳐진다

"너는 지금부터 날 사부님이라 불러야만 하느니라.
소림사의 파문제자인 나, 보종의 제자가 되어서 앞으로 군소리없이 수발을 들고 모진
고통을 이겨내며 무공 수련을 해야만 한다."

잡극계의 천금공자 엽자건!
소림의 파문제자 보종의 제자가 되다!!

역사와 가상.
실존의 천하제일인과 가상의 천하제일인에 도전하는 주인공!
이제부터 들어갑니다. 부디 마음껏 즐겨주시기 바랍니다.
– 작가 서문 中에서.

유행이 아닌 자유추구 –
WWW.chungeoram.com
Book Publishing CHUNGEORAM

야차(夜叉) 新무협 판타지 소설

魁刀風雲 귀도풍운

원수를 가르치고 원수에게 배워…
서로의 심장에 칼을 겨누는 것이
숙명인 저주받은 도법,

수라도(修羅刀).

그 기원을 알 수조차 없을 만큼 수많은 세월을 이어져 내려온 이 도법은
새로운 피의 숙명을 잉태하였다.

저주받은 피의 고리를 끊어버릴 것인가,
체념한 채로 운명에 순응할 것인가.

유행이 아닌 자유추구 -
WWW. chungeoram.com
Book Publishing CHUNGEORAM